デッドエンドの思い出

尽头的回忆

BANANA
YOSHIMOTO

[日]
吉本芭娜娜 ——————— 著

周阅 ———————————— 译

上海译文出版社

目录

幽灵之家

"那么我想吃火锅，可一个人在家吃也没意思，所以，一起吃怎么样？"

我只不过说了句："打工的时候得到你很多关照，我就用打工的钱请客作为答谢吧。"

然后就得到了岩仓这样的回答。

受到独居男孩子邀请的时候，我总是不知道该怎样回答。

但这次我想，因为是他说的话，肯定就是字面上的意思，而且他住的公寓好像也很近。

不管怎样，他说这话的时候表情率真，心无城府，我内心一点也没有激动的感觉。

他身上有一种不可思议的明朗与阴沉，简直就像隆冬时节云雾笼罩的天空一样半阴半晴。

这使我不由自主地迟迟不敢喜欢他。因为我完全无法感觉到年轻恋人之间那种极为珍贵的、几欲奔跑的狂热和兴奋。

"那，我去你家做？"

我说着，淡淡地约定了日子。

我们坐在一棵大榉树下的长椅上，这是我们大学校园里唯一活着的榉树。

我没什么朋友，仅有的少数几个朋友都在拼命打工，很少来学校。这在我们这所私立的笨蛋大学是常见的情况。因此，同样总是独来独往的岩仓和我就自然而然地亲密起来。

我是在附近一个类似酒吧的地方暂时替朋友打工时认识他的。那时他也在那儿打工，当调酒师。

后来，每次在校园里碰见，我们就一起吃吃饭、聊聊天什么的。

他是镇上非常有名的一家蛋糕卷店的独子，据说他因为不愿继承家业正拼命节衣缩食地存钱，而他的生活实际上也确实给人这种拮据的感觉。他看起来似乎有些走投无路——如果不在大学时代好好攒钱，自己决定未来的方向，那么无论他是否情愿，等待他的就是烤一辈子卷筒蛋糕的人生。即使已经确定了未来方向的人，也有一种特别的苦恼，他的打工生活就渗透着这种苦恼。

我说："不是挺好的吗？卷筒蛋糕，再好不过了呀。"

我对卷筒蛋糕喜爱之极。

"也不是特别反感，不过我妈，实在是太能干了呀。性格开朗，善于待人接物，做事又勤快。"

岩仓说道。在附近的镇上，岩仓母亲的爽朗和周到确实是出了名的。经常有人说，是因为被她待客的亲切热情所打动才最终在店里买了东西。

"我……我觉得她真的是个脾气很好的人。"

"知道啊。"

光是跟他一起在街上走走就能够充分了解他的

善良体贴和良好教养。比如，走过公园时，树木被风吹得沙沙摇曳，光影也在晃动。这时，他就会眯起眼睛，一副"多美啊"的神情。要是有小孩子摔倒，他脸上就流露出"哎呀，摔倒了"的表情，当妈妈把孩子抱起来时，他就转为"这下好啦"的样子。这种纯真的感觉，绝对是从父母那里继承了某种宝贵品质的人才拥有的特征。

"所以啊，要是在那样的家里就这么顺其自然地度过一生，就会变成一个越来越好脾气的人了。"

"那有什么不可以吗？"

"倒没什么不可以，不过我觉得，那并不是真正的善良。只要日子安稳，衣食无忧，又有闲暇，不管是谁都能优雅善良吧？同样道理，要是我一直这样下去的话，就会只有在这种情况下才能善良。这样一来，我心里讨厌的黑暗的东西就会滋长起来。要不就是，我会带着这种肤浅的善良走完一生。好在我是个生性善良的人，所以如果可能的话，我想培养这种善良，而不是黑暗的东西。"

"这就是你那么省吃俭用、努力攒钱的理由?"

"还没到那个份儿上。现在我只不过在做已经决定的和力所能及的事。不然的话就这样下去不做任何改变,不知什么时候就要接手我家的店了。那样一来就没法再从那种生活里逃出来了。"

岩仓说道。

上那所大学,学费非常昂贵。

我呢,碰巧出生在父母都忙于工作的时期,所以就被送到了那个大学的附属幼儿园,然后就那样一路升上来了,如此而已。

我是邻镇一家还算有名的西餐店老板的女儿。要说我家的知名度如何,旅游指南上一直都有介绍,哪家想要全家一起去外面吃顿饭,或者单身白领打算今天干脆在外面吃完再回家,但又不想豁出去来一顿法国大餐,这种时候就会来我家,就是这种感觉的餐厅吧。

因为想要继承我家从祖父母那代就一直延续至今的餐厅,我其实对于学历什么的觉得大致过得去就行，只要能学学厨艺就可以了。说是学习厨艺，但我家的菜单完全是一成不变延续下来的，所以蛋包饭啦、蔬菜肉酱沙司啦、菜肉烩饭等等的做法，我都已经耳濡目染地学会了，几乎只差将来考个厨师执照了。

我哥哥不愿继承家业，高中的时候就离开了家。现在，他在一家广告代理公司工作，干得很起劲儿。

岩仓那种"说不清缘由但就是不想继承家业"的感觉，让我很怀念地想起了昔日的哥哥，这也许是我对岩仓感到亲近的一个原因吧。

以前我经常在夜里听哥哥的抱怨。

说好听点儿，哥哥的好奇心非常强，总是忙着社交活动，他不是那种能够每天按部就班地做事、在同一时间做同样事情的人。他总是在寻求刺激，对于引发新事物比什么都喜欢。父母认为这样的哥哥适合继承家业，我觉得，这种想法应该是他们偏心。

"对哥哥来说经营西餐厅太难为他了，我来做吧。"

我总是这样说。

夜晚在房间里，哥哥总是苦笑着试图说服自己：不过，因为还是我的手更巧，还有，因为我的体力更强吧，或者，父母就是希望让我来继承吧。

一旦自己的位置被别人占据就会感到不安，哥哥也是这种类型的人。

如今，哥哥与家里的关系变成了：偶尔到家里来看看，只是吃顿饭就回去。看样子他还想接着玩儿，所以暂时也不打算结婚，为继承餐厅而回家之类的可能性渐渐地就完全没有了。

父母似乎反复考虑了各种情况，对于我要继承家业的想法，他们表示"你是不是勉强的呀"，"我们不能要求你像哥哥那样，所以还是先让你多经历一些事，这样不是更好吗"，就这样做了结论。看来，父母一直认为由哥哥继承家业是理所当然的，而哥哥却讨厌继承家业，这让他们很受打击。

所以，我的感觉是，为了避免让我在改变初衷的时候还得被迫继承家业，为了给我考虑的时间，慎重起见他们就先让我上了大学。

不过，我并没有改变想法，因此一直读到大学归根到底不过是单纯的人生教育而已。

对我来说，跟劳作的父母共同生活是顺理成章的。外婆已经去世，外公总是不由自主地来到店里，一边招呼熟客一边帮忙，就像餐厅的标志一样。看着外公、外婆的位置在某个时候被父母取代，我觉得这是人生中最切实和最重要的事情，所以我完全无法理解讨厌这一切而离开家庭的哥哥的心情。

从小时候我就几乎认真到了极点，特别喜欢持续不断地做某件事情。书法直到现在还坚持在练，珠算也是最近心算特别拿手了才刚刚放弃的，另外，陶艺已经坚持十年了。就连跟儿时的好友三人一起去那家固定的温泉旅馆，也是八年以来从未间断的活动。

因此，对味道又美、条件又好而且经营状况也相当不错的卷筒蛋糕店，岩仓却那么拼命地拒绝，我不太理解他的想法。要是他有其他想做的事倒也另当别论，可是明明没有，我完全无法理解他究竟想要向何方发展。

　　他极少详细说明事情的来龙去脉或者自己的真实想法，以他的说法来看，似乎纯粹是因为爱做梦而拒斥自己所处的现实。

　　不过，我们都生长在长期从事服务行业的家庭，我一直觉得跟他话语相投，秉性相合。

　　明明知道没什么大不了的责任，但还是习惯于承担某种类似责任的东西，在这一点上我们是相同的。

　　吃火锅那天，我买好材料，初次造访了岩仓所住的公寓。

　　那栋建筑是在岩仓的爷爷拥有的土地上修建的，但已经决定要拆除了。在拆除之前，五千日元的房租就可以住下，岩仓就住了进去……我以前听说过这些，但那座建筑的糟糕程度出乎意料。

房子是木造的，破破烂烂，窗玻璃也碎裂了，外面的台阶已经损毁，走廊也处处破败不堪。

"这是什么房子呀！太可怕了，一个人住在这种地方……真够可以的。"

我这样想着，好像泄了气一样。

因为房子的状况实在是一塌糊涂，所以对于没有其他人居住在这儿的说法，直到如今目睹了现状我才终于理解。

我仿佛明白了岩仓为什么会拥有那种独特的透明的阴郁、看似寂寥的感觉以及沉重的气质。

我重新裹好围巾，在冬日凛冽的空气中，仰头看着阴云笼罩的天空使劲咽了一口唾沫。不知怎么，总觉得进去之后就无法再保留自己的原样走出来了。

在二层角落的一个房间，岩仓开着破旧的拉门迎接我。

"这地方真够可以的。"

"是吧，不过，这房子以前是房主住的，很宽敞呢。"

他笑了笑。

的确如此。同窄小拉门给我的印象完全相反，这房子在布局上还是两室一厅呢。有客厅，里边还有十张榻榻米大小①的日式房间。浴室和卫生间是各自独立的，天花板也很高。窗外可以看见公园，傍晚报时的音乐正在鸣响。

如果除去其他房间的黑暗和衰败，这里是个令人意想不到的舒适、明朗的空间。

"有锅吗?"我问。

"嗯，有啊。还有便携式炉子呢。"

"做简单的火锅吧，有鸡肉丸子、白菜和粉丝。最后放乌东面好吗?"

"太好啦!"岩仓笑了。

---

① 日本房间的面积常用榻榻米表示。一般来说一个榻榻米长约1.8米，宽约0.9米，面积约为1.62平方米。

"其实西餐我要拿手得多。就算闭着眼睛也能做哦。"

"那是当然啦。现在想来，让你做西餐就好了。不过，我想吃火锅了呀。"

"我也觉得要是还做家里卖的那些东西太没劲了。"

我在厨房专心致志地做着火锅，蒸汽慢慢在房间里弥漫开来，岩仓在边听音乐边看书。天空愈加阴沉下来，我偶尔打开陈旧的玻璃窗换换气，冷风就嗖地一下钻进来在屋子里盘旋。

我们一边看电视一边吃火锅，吃得非常饱。

没有谈到爱情之类的话题，时间就这样淡淡地流过。

因为职业的关系（虽然还没正式开始），我在做饭时几乎不会剩下要洗的东西，因此饭后的收拾工作就很轻松，而且差不多都由岩仓做了。接着，我们喝着岩仓煮的咖啡，吃着他父母家拿来的卷筒蛋糕，钻进了被炉，这时我脱口说道："不知怎么的，这房子总让人觉得不可思议。有一种虽然安稳，但时间凝固了的感觉。好像只有在这儿才这么安静，心情也平静。你还真能从这样的地方跑出去，干劲十足地打工啊。要是我的话，可能会什么都不干，只想在这儿一直待下去了。"

岩仓点了点头。

"可不是吗，待在这个房间里，心里就变得过分安静，时间也停止了。而且，我总觉得好像还有其他人住在这儿呢。"

"在这个楼里？其他人？"

我惊诧地问，一想到是不是有流浪汉住在这儿这一类的事，我就害怕起来。

"不，不是的。是……房东夫妇。"

"房东现在还在吗？"

"怎么说呢，这不太好说，他们已经死了，但是他们自己好像还没意识到呢。"

"欸？"

"他们两人在火盆边烤着火就打起瞌睡来，就在这个房间里，因为一氧化碳中毒死了。房东夫妇俩。倒是已经年纪很大了。"

"就在这儿？"

"是啊……"

"你是不是想吓唬我，让我害怕，然后好干点儿非分的事？"

"要是那样就好了，我说的是真的。有时候我能在这屋里看见他们俩呢。"

我不知该如何作答。

"岩仓，那种东西是能看见身形的吗？"我问道。

"不，看不见，完全看不见。就算是单身旅行在墓地露宿也没有见过这种情形。"

"既然这样，那为什么说看见了呢？"

"可能是因为待在家里精神一放松，发呆恍惚了吧。要不就是因为打工太累了？反正偶尔在刚睡醒的时候啦，或者筋疲力尽回到家里喝茶的时候啦，阴阳两界交接起来，就看见房东夫妇俩还像往常一样在过日子。"

"驱驱邪什么的，是不是要好些?"

"可是，这儿不是很快就要拆除了吗。所以，我想，在拆除之前就这样吧。"岩仓说道，"因为，我总觉得他们生活得很幸福啊。"

这正是岩仓的温和之处。就连对幽灵也这么温和。

"哦。"

我半信半疑地说。心想，说不定因为对前途的烦恼和打工的辛苦，他的脑子有点不正常吧，先好好注意观察他的言行再说。

我们两人相对而坐，拥在被炉里，津津有味地吃着蛋糕，静静地聊着幽灵的事，这副样子就像一对老夫老妻，相比之下，这才是更为奇怪的。

回家时，他说要买东西顺路，推着摩托车把我送到了公寓门口。

"小节，为什么一个人住啊? 你父母家不就在旁边的车站那儿吗?"

他说道。

繁星闪烁的夜晚，冰晶般的月亮弯弯地挂着。仿佛是从天空剪裁下来的一样，看起来莹白如玉。

"因为我妈出于兴趣开了个烹饪班，之后家里进进出出的人就多起来了，我的房间也被占了。不过这里纯粹就是个单间的感觉。我还是经常回家去。通常是吃过饭以后回来睡觉。也经常去店里帮忙。"

"听起来真不错啊，顺水推舟的感觉。哪像我，现在完全没有着落。"

"其实跟家人的距离感还是挺让人劳神的。因为要是不注意保持距离的话，就彻底没有隐私了，作为一个成年人的自由时间也没有了。所以，我是特意搬出来一个人住，一个人出去旅行什么的。"

"果然是这样呀。可能我也是因为这种情况才觉得累吧。父母旅行的时候、买东西的时候我来开车，亲戚搬家的时候我来帮忙……这些事情显然成了理所当然的人生。虽然我并不厌恶这些，也不是不愿意当糕点师。"

"反正还有的是时间，存些钱以后试试找工作或者留学怎么样？尤其是男孩子，像这样一直当个乖孩子的话，太委屈自己了，人也会变得心胸狭隘。"

"说得是啊。在父母看来，我还跟以前一样处在婴儿的延长线上，可是我也有我自己的人生啊。"

"谢谢你送我。"

"今天谢谢你请客。我一点儿钱都没出，不好意思。"

"别客气，卷筒蛋糕很好吃噢。"

他挥了挥手，骑上摩托回去了。看起来是辆价格不菲的轻型摩托，虽然已经旧了，但保养得很好。我心想，不管怎样还是能看出来他父母很有钱。

明明可以若无其事地享受家庭的恩惠，却仍然离开家庭自己攒钱，这是一件极为辛苦的事，我觉得不难理解他的样子和情绪为什么这么暗淡。

这样，那个夜晚完全像平常一样没有任何波澜，自己的心情也静如止水，因此，我在心里明确地划定了他的性质："这个样子不可能恋爱，只是朋友。"

　　"妈妈，旁边镇上的那栋旧公寓，您知道吗？房东因为一氧化碳中毒死去的事儿。"

　　我试着问妈妈。

　　"听说过啊。当时还上了新闻。是不是烤着火盆没有换气就睡着了？"

　　"是是。关于房东他们的事，妈妈知道什么吗？"

　　我是想，妈妈在这个地方生活了很久，也许会知道点什么，所以才向她打听的。

　　餐厅打烊以后，收拾停当，我和妈妈两人坐在店里的柜台前吃着预备好的烩饭。酱汤的味道是外婆亲传的。即便人们说我是为了把这种酱汤的味道传给后世才出生的，我也绝对不会生气。这酱汤就有这么好喝，如同具有魔法般的魅力。一般来说，外婆连大酱都亲手制作。

"经常两人一起来这儿用餐呢，那夫妻俩。男主人腿脚不好之后他们就慢慢不常来了。不过在平时的晚上，客人不多的时候，两人还手牵着手来呢。每次都坐在那边的六号桌，点蛋包饭和猪肉咖喱饭。然后就说，想分着吃所以再给两个盘子吧。"

"啊，您这么一说，那种场景好像就在眼前。那两个人的事，我也还记得呢。"

"他们俩总是只要一瓶啤酒，小瓶的那种。多可爱的一对老人，怎么说呢，那种氛围很安静、很朴素，两人有他们自己小小的一套规矩，那是长年累月慢慢积累起来的，给人一种感觉，好像只要遵循这种规矩，生活就会一直延续下去。虽然看样子他们并没有特别快乐，可是却让看着他们的人感到很安心、很幸福。我经常跟你爸说'要是咱们能长寿，像他们那样儿多好啊'。还有，说出来虽然有点儿不敬，我们还说，要是像两位那样一块儿睡着过世的话，好像也挺好的。"

妈妈说。

爸爸和妈妈，是一对恩爱得不得了的夫妻。

爸爸以前是个一本正经的公司职员，到店里来吃饭的过程中喜欢上了妈妈，于是辞掉工作开始学习烹饪，打算将来跟妈妈一起经营这家餐厅。他就是这么个有着奇特经历的人，只要是妈妈说的话，爸爸不管什么事都百依百顺。开设烹饪班的事也一样，明明我反对，但因为是妈妈的愿望，他立刻就让步了。

"拜托，爸妈可别像那样两人睡着睡着就过去了啊。"

我说。

"即使那样，想到我们家的餐厅能够开下去也就放心了呀。"

妈妈笑了。

小时候，这话经常是对哥哥说的。

妈妈完全不是有意的，只是高高兴兴地这样

说，但在哥哥心里却纠结起来。对哥哥来说，听到这种话是沉重而苦恼的。

而我，则总是对承载着期待的哥哥羡慕不已。

我之所以想要继承家业，宽泛来看，也许只是出于微不足道的理由——纯粹是意气用事。哥哥处在那么受宠的位置，真不明白为什么还要抱怨。我对哥哥的这种看法，不知何时在心中凝聚成了强烈的渴望，或许仅此而已。

但是，在外婆去世的时候，我确是这么想的。

在葬礼上，来了一群身穿黑色西服的叔叔，年轻时他们吃过外婆做的各种菜肴，请外婆帮着出过主意，他们回忆着在店里的约会、失恋后得到外婆的炸大虾等等往事，七嘴八舌地聊了一番就回去了。

能够以这种方式成为别人人生的、真正意义上的背景，这是多么了不起啊，我为之感动。

店里的器具，因日复一日的使用和擦拭而颜色渐深。同样的，外婆应该只是日复一日地来到店里，做着一成不变的菜肴，她的人生仿佛也变得极深极深。

这个世界上恐怕再也没有胜过外婆的人生了吧，我为之感动。

吃火锅之后的日子，岩仓仍旧辛勤打工，我也努力学习，在店里帮忙和练习技艺。

店里现在已经开始用我烧制的盘子给客人上蛋包饭了，所以陶艺还是相当实用的，我也就一直继续忙于学习陶艺。另外，店里的菜单也是我亲手写的，所以书法也不能松懈。我的性格是对任何事情都过于认真，不管学什么总要努力坚持到能够派上用场。这已经成了我的癖好或秉性，无法改变了。在某种意义上，正因为我的发展方向已经确定了，才会在实现目标之前执着于各种各样的事情。学问终归没有实用性，所以很没意思。

至于岩仓，偶尔会碰见，总觉得他显得很萎靡。

可能是因为离开了大家庭，独自一人生活的缘故吧。也可能是上课之余的全部时间都在打工，太累了吧。我觉得虽然他看起来很坚强，但到底还只是个大学生。

然而，不知为何我总感到，这应该与他住在"幽灵之家的幽灵之屋"也有关系。

或许，幽灵也有他们自己的时间吧。无疑他们已经永远地超越了时间之流，以不可思议的方式在向前推演。即便是稍稍介入幽灵的世界，也一定意味着减损某种生命活力之类的东西，这令我有点担心。

说不定，那段时间，尽管我自己都不曾那么想过，但有可能已经相当迷恋岩仓了。

那时，我与陶艺班一个比我年长的人分手刚好半年。那是一场轰轰烈烈的恋爱，对方是单身，我深陷其中甚至连结婚都在考虑了。经历了种种波折之后最终分手，但我仍然无法忘记那个人。那人跟公司的一个女同事结了婚，不再来陶艺班，我们也就不再能见面了。

那个女人，因遭受丈夫的家庭暴力而找我的前男友商量，男友不能置之不理，就慢慢地被那女人吸引过去了。

我仅有的长处就是年轻，对于阻止他们互相吸引全然无计可施，只能伤心地眼睁睁看着他们走到一起。

在店里不忙的时候，我偶然跟岩仓说到此事。虽然我是半开玩笑地说的，但岩仓说："那么容易受到吸引的男人，以后还会不断地受到吸引，我觉得分手是件好事。"

对于这个年龄的男孩子来说，这是很妥帖的意见，我对此也只是姑妄听之。

但说实话，直到日后，这句话一直鼓励着深受恋爱伤害的我。关于那场恋爱，我当然没有再谈更多，再说对方已经结婚，不可能再见面，也没办法挽回，我忘掉了一切，只留有岩仓的印象，他那沉静的、一边擦拭玻璃杯一边说话的样子，那鼻梁低低的侧影。

那天下午，我在车站意外地遇见了岩仓。

"最近挺好吧？"

我笑着问。

"我像小节你说的那样做了。"

岩仓唐突地回答道。

"现在，有时间吗？边走边说吧。"

"嗯，好啊。反正我正好要回家。"我说，"岩仓，今天要打工吗？"

"今天不用。不过明天早上得六点起床。"

岩仓说道。也许是心理作用，我觉得岩仓的脸色比平时好，充满了活力。

"近来看见幽灵了吗？"

我试探着问。

"嗯，偶尔看见。奶奶沏茶叠衣服什么的，爷爷嘛，经常做操。"

"好容易离开了家，到头来又有了那样的家人，这算不上单独住呀。"

"已经习惯了，感觉很平常。偶尔见到时，就是'啊，你好'那种感觉。虽然他们意识不到我的存在。"

我们俩，一起走过冬日午后冷清的街道。

汽车反射着寒光往来穿梭，梧桐街树枯黄的颜色向远方延伸着。

"对了，像我说的那样做什么？"

我问。

"留学。不过，还是因为自己有兴趣，去法国，准备去糕点学校。"

"那不是为继承家业而学习吗？去糕点学校的话。"

"我总觉得，要做蛋糕却没去过法国，我发现不希望自己那样子。"

"哦，明白。要是我家开的是意大利餐厅的话，我大概也会去留学。幸好，我家是给日本人开的西餐店，没必要那么钻牛角尖。"

"我并不想改变老爸开发的做卷筒蛋糕的传统，跟这个没关系，我对自己热衷于做点心的事，倒是想了很多。所以，学成之后，也有可能不回日本就留在那边工作，将来的事变数很多，现在说也说不清楚。不过，现在想要那么发展的愿望很强烈。因为我并不讨厌手工活儿，也不讨厌甜点。我觉得饭后的甜点，带着梦想，能让人幸福。开始我找的是日本的学校，可是找着找着，就慢慢开始想去法国了。"

"跟你父母说了吗?"

"说了。他们坚决反对。"

"那你怎么办?"

"我存的钱已经足够去那边的学校，然后找份工作，租个便宜的公寓生活。还有从小时存起来的钱。当然，那是父母帮我存的，所以我想尽量不动它。"

"真了不起呀，岩仓，自己攒够了钱。"

"嗯，基本上没怎么用，都存起来了。"

岩仓说道。

是吗？要走了啊，一想到这儿我的心就抽紧了，一种难以言说的寂寞笼罩了我。头顶上的天空，显得悲凉而高远。我想，他一定会去留学，找到自己的世界，然后就在那边长期生活下去，不会再回来了。

从那时候开始，我就觉察到了，虽然说不清为什么，但我觉察到岩仓想和我同床共枕。他的神情、他的声音，不知怎的都让我有这种感觉。在我俩之间，相互贴近的感觉像面包一样发酵着，静静地膨胀着。

"一直想吃小节做的蛋包饭呢。"岩仓说道，"到现在我都在后悔那天做了火锅，虽然挺好吃的。"

"到我家餐厅来的话随时都能吃到啊，不过是我爸妈做的。但跟我做的味道也差不多嘛。何况我的手艺还不太稳定。"

"反正离毕业还有一些时间呢。"

岩仓笑了。

"现在就去做怎么样？"我说，"买材料的钱岩仓你出哦。"

"现在可以吗？"

"可以啊。"

这对话就像是：可以做爱吗？可以啊。简直毫无区别。我想我们俩心里都明白。那是在淡淡的哀愁之中。

冬季阴霾笼罩的天空，为何如此令人不快？浓厚的云层和灰暗的天空，还有横吹的寒风。所有这一切都只能让人认为，这就是为了使人肌肤相亲而设定的。无尽的灰色中，就想在屋子里一直待下去。待在屋里，就想与另一个人在无尽的肉欲中一直放松下去，只有在这里才能够得到放松，我有这样的感觉。

在超市买了材料，我再次走入那栋破败建筑中理应令人恐惧的房间。

然而，丝毫没有恐惧的感觉。不知何故房间越发显得沉寂，仿佛快要变成透明的了。空气寂寥而澄澈，窗外依然可见无限延伸又厚厚重叠着的云的颜色。

一边东拉西扯地聊着，一边时时打开窗户散去煤气炉的热气，我做好了蛋包饭。若是需要调味汁的菜肴就只有在自家才做得好，蛋包饭的话完全能够再现与店里同样的味道。作为附加优惠，我还配上了牡蛎酱汤。

虽然对我来说，这样一顿饭早已远远超过了"腻"的程度，再普通不过，但岩仓却欢天喜地地连我剩下的也都吃掉了。

每次岩仓去厕所时我都胆战心惊地想，要是幽灵出现了该怎么办，幸好房间里只有我一个人，此外就是煤气炉像壁炉一样发出橘红色的光亮呼呼地燃烧着。

到了晚上八点，我们一起吃着卷筒蛋糕，松软卷曲的蛋糕表面带有少许硬硬的焦黄，中间裹着厚厚的奶油，两人钻进被炉又开始了漫无边际的闲聊。

"为什么你这儿总有卷筒蛋糕?"

"老妈拿来的。跟大米一起。"

"随时有货啊，这一点跟我家一样。不过，就算流行的食品热潮过去了，卷筒蛋糕也不会受冷落。"

"季节不同配料还可以变化呢。而且多少还能放一段时间，所以也适合送礼。反正日本人还挺喜欢吃卷筒蛋糕的。"

"今天用了哪些配料?"

"栗子、抹茶和香橙。"

"香橙啊，这个有点不太喜欢。"

像这样跟他毫无芥蒂地聊天时，那种独特的放松感真不知该如何形容才好，既不是家人之间的那种，也说不上是开心。只是，说到某个合适的话题，就能一直聊下去。也可以一直沉默下去。我完全不像跟一般异性相处时那样，一会儿担心化的妆是否褪了，一会儿又担心头发是否乱了。

"我差不多该回去了。"我说，"虽然没看到幽灵有点遗憾。"

"想看的话就住下吧。"

岩仓说道。

我小小地吃了一惊。只是一点点而已。

"幽灵倒不想看，但是想问个问题。'就住下吧'是什么意思？起码得解释一下。"

我说。

"嗯……"

岩仓一脸认真陷入了思考。然后他说："可能是因为在酒吧那样的地方打工，这种事情慢慢就变得无所谓了。"

"说什么呢！"

我心里当然很不痛快。

"我知道你并不是那种意思，可是，不是还有很多种说法吗，即便是'你很合我意'，或者'非说不可的话我喜欢你'什么的。"

"非说不可的话，你的模样和性格，都是我认识的女孩儿中最喜欢的。"

岩仓说道。如果是他口里说出来的话，相信应该是真的吧，想到这儿，我的心微微疼了一下。

"可是，不管怎样，我在酒吧打工，看到回家路上来喝酒的年轻人都说'去我那儿住吧?'来代替打招呼，对这种事就习以为常了，好像自己心里那种明明白白的感情也慢慢消失了。"

"这个，我好像多少也能理解。"

"还有，对女孩子来说，即使像这样跟男的一起待在房间里，一定也是在用全部身心感受整体的气氛吧。也许是这样吧。"

"不管是谁不都是这样吗?"

"可是，男的呢，眼里只有那个小洞。不管化妆多么漂亮，不管穿着什么样的衣服，也不管聊着多么平常的话题，男人只会想，这个人，身体里面也有个小洞，那个潮湿的、丑陋的小洞，男人只看得到到这一处。一旦开始这么想，就满脑子只有这件事了。"

"啊。"

"所以，我也从刚才就只想着小洞的事。小节，每次你笑的时候、说话的时候，我想的都是这里有那个小洞。"

"听你说这种话我是该高兴呢，还是该难过呢？"

"一想到有那个，想做的念头就怎么也按捺不住，不过，因为我马上就要离开日本了，也不希望留下悲伤的心情。"

"嗯，悲伤肯定会有啦。即使按照现在的欲望行动，也还是会难过。因为我只要做了就肯定会爱上的。"

"我也有这种倾向。做了的话可能就会越来越喜欢对方。"

"不过，时机不合适呀。"

"说得是啊。"

"这样吧，咱们划一道界限，就做到让彼此都快乐吧。"我说，"现在的状况也考虑不了将来的事。但是我现在正好是单身，而且这里确实有小洞。"

　　"可以吗?"

　　"别问'可以吗'这种问题。别推到我身上。"

　　我心想，采取这么与众不同的方式逼问，这种人还是第一次遇到。不由得感慨，岩仓，真是有意思啊。

　　于是，我在岩仓家过夜了。

　　原以为被褥会又薄又硬，但到底是富家子弟，他的壁柜里，是虽然略微显旧但却相当豪华的床垫、高级的羽绒被和洁净的床单。

　　冬季的风在外面狂吹，把窗户摇得咣咣作响。

　　那个夜晚，我俩开着一盏小灯，只做了一次爱。始终沉默不语的、无所顾忌地做爱。

　　除岩仓外我只有过一个男人，岩仓细致周到的做法彻底改变了我的感知方式。他小心地探察我的身体，仿佛在摸索何处该怎样做才好。当他抑制着自己的兴奋这么做的时候也同样撩人，我第一次在别人的注视之下达到了高潮。在充分确认这一点之后，他适当停顿，然后进入了我的身体。那是异样的瞬间。两人都仿佛在此时此刻才初次与性爱相遇，彼此都很惊异。心里都在想，迄今为止的经验究竟算什么啊。对此我们心照不宣。坚挺得恰到好处的温热的部位，进入了湿润得恰到好处的紧闭之处，我感到再没有比这更美好的组合了。心想，我们这样做就是为了证实这无与伦比的组合之奇妙与完美。没有任何痛楚，没有任何碰撞，在彼此都感觉无比美好、想要无限继续下去的时候结束，然后再来，就是这样的组合。这是我们顿悟的瞬间。

之后，我们裹着羽绒被暖暖地依偎在一起睡着了。

"跟吃火锅比起来，说不定真正盼望的，就是像这样拥在一起睡觉。"

临睡前岩仓这么说。

"明明有家可归，明明被人爱着，可是还是会寂寞，也许这就是所谓的青春吧。"

我回答。如果真是这样，我也有切身的体验。

醒来时，岩仓彻底睡过了头，正急急忙忙地边换衣服边刷牙。然后，他说了声"我先走了，你锁上门把钥匙放在信箱里"，就咯噔咯噔地跑了。

"走之前，无论如何也想再见一面。"

说着，他吻了一下还在被子里穿着睡衣的我。

我严严实实地裹在羽绒被里，心情舒畅，仿佛沉醉于自己的体温一般心荡神驰，眼睛盯着好像又要下雪的灰色天空，重新昏昏睡去。

再次醒来时，我感到非常难过和孤单，然而却十分满足，时间是早上八点。

想到如果再这样待下去，让自己融入岩仓的空间的话，只会越发地难过，所以下决心起床。必须回到自己的世界，开始日常生活。

我先打开炉子，让房间暖和起来。我呆呆地看着炉子里的火苗，忽然觉得厨房的水池那边好像有什么在动。

"对啊，幽灵的事全都忘干净了。"

我低声自语。

定睛一看，只见水池那边有老奶奶的背影。她正以缓慢的动作，在烧开水沏茶。其实茶壶并没有动，水也没有真的沸腾。只有半透明的奶奶微微晃动着在做这些动作。缓缓地、一点一点地。一如既往的动作，一如既往的程序，谨慎而周到。这些举止，一定是从奶奶的母亲或者奶奶的祖母开始一直延续下来的，温暖而令人安心。

我想起自己的外婆也是这样在厨房里操持，于是以一种仿佛回到童年的心情目不转睛地望着老奶奶。曾几何时，我感冒发烧，也是这样望着外婆的背影。后来，我甚至感到老奶奶要煮好粥给我端过来一样。心里既亲切又感伤，同时也很温暖。

在对面的房间里，爷爷正在做广播体操。他穿着短裤，慢慢地伸展着弯曲的腿和腰，一节一节非常认真地做着。他一定深信不疑，这样做就能让身体永葆健康。他一定万万没有想到，盲点竟在那意外的火盆上。

他们夫妇俩过着简朴的生活，彬彬有礼地与租户打招呼，收齐房租后记录在账本上，每月一次去固定的餐厅点固定的食品，这就是老两口小小的奢侈吧。

怎么，竟然一点儿也不可怕，我一边这么想一边一个劲儿地看着他们。

他们肯定丝毫也没有意识到死亡，只是同往常一样生活下去，直到永远。

我在这儿裹着被子，想着岩仓一直静静地与他们同处，毫不打扰地注视他们。一想到他的体贴、他的淡泊的心，我就深受触动。似乎真的要爱上他了。本来我体内就依然感受着他的特质。尽管他是那么文弱、木讷而又温厚，却能够非常男子气地、以男性的力量拥抱女性。

奶奶一直在厨房细细劳作，爷爷则一直在做体操。我在家里的餐厅见过，那相敬如宾、安静祥和的一双身影与现在一模一样。

为了不破坏这氛围，我轻手轻脚地换了衣服，悄悄走出房间。

"打扰了。"我规规矩矩地打了声招呼。

但是，他们没有转头看我，而是继续过着他们那平静的生活。

岩仓打算首先请一个相识的法国人几乎是义务性地教他法语，等自己能说一点儿了就去巴黎郊外的点心专科学校，所以他现在无比忙碌，偶尔在学校碰见也只是招招手。在这种状态中，转眼之间就已临近他起程的日子了。

恰好我也试图跟他保持一点儿距离，有意无意地回避着他。

可是我单单记得"再见一次"（虽然准确地说是"再做一次"）这句话。当然我也有这种愿望。我觉得对方想必也是如此。

然而我并没有主动给他打电话或者发邮件。

因为我一直觉得，所谓的时机一定是存在的。

结果，在距离他出发正好两周的一个星期五的早晨，又是在潮湿阴翳、狂风大作的时候，我们在站前广场不期而遇了。

两人都穿着外套，这令我们感到距离一起打工的夏天已经非常遥远了。

"今天我不去语言学校了。还得准备行李。"

岩仓看我的目光是正在恋爱的人的目光。灼热的、仿佛立刻就要互相拥有的目光。并不贪婪，而是注视着自己珍爱的男人的目光。

"我也是，今天不工作。"我说，"不过想去书店看看。"

于是我们俩去了书店，又一起吃了午饭。

"那栋建筑，很快就要拆除了。我搬走之后，终于要拆了。"

"那两位，不知会怎么样，很担心呀。"

"你看见了？"

"看见了，看到他们朴素地过日子。好像他们经常到我家店里来。我还记得他们的样子。奶奶在沏茶，爷爷在做体操。"

"怎么样，不可怕吧?"

"嗯，怎么说呢，感觉心里很踏实。"

"是不是该给他们上点儿香什么的。"

"对，虽然咱们不是内行，但也许上点儿香比较好。"

我们就像一对老夫妇，买了一支纯白的菊花还有线香。接着我突然想到:

"要是给他们供上蛋包饭和猪肉咖喱饭，不是很好吗。我觉得他们一定很想吃。"

岩仓说，他也觉得应该如此。所以我们就去超市买了材料。

冬日的午后，我们采购了各种各样的东西，手上提着许多白色袋子，穿着日常服装，一副休闲的样子，肩并肩地走在路上。从旁看去，一定像是新婚夫妇，或者一对可爱的同居恋人。然而我们都有些悲伤，我们只是即将分离的两个人。

无论做什么都无比快乐，却又略带伤感。

岩仓的房间已经空空荡荡，各种物品都已装箱打包，几乎没有多余的东西。他告诉我，在那边要借住朋友家里的一间房，作为回报得帮他们照顾孩子。说是他父亲帮他跟那位朋友打过招呼。

"这么说，他们已经不反对你了？"

"我老爸是不反对了。可是老妈还反对。大概她知道我可能不再回来了吧。我不想编瞎话，所以也没说要回来。即使在那边，如果存够了钱可能也会从那家搬出去自己生活。"

他脸上充满了面向未来的活力。那模样与前途未定忙于打工的时候不同，是一副憧憬着未知世界的面孔。我想，以他这种认真劲儿，一定能学得很好。我既不嫉妒，也不难过，而是感到高兴。这比看到他疲惫不堪日渐消沉要心情愉快得多。

一进房间，我和岩仓连灯也没关就钻进羽绒被做了一次爱。然后就那样裸着身体东拉西扯地聊了起来，对未来的设想呀，父母的事情呀，我们互相倾诉着年轻人的小小心事。

即便如此，感伤还是萦绕不去。无论干什么，只要一想到"马上要分别了"，就会为时间的迅速流逝而感到一阵寒意。每当快活地笑过之后，必定会短暂地陷入落寞的情绪。但是，既然此时此刻是快乐的，也就把心绪集中在当下。

到傍晚，肚子开始饿了，这才从即将寄出的行李中想方设法翻出了平底锅、菜刀和案板，我开始做猪肉咖喱饭和蛋包饭。

我比平时加倍地用心，专心致志、一丝不苟地做着。因为这两位老人，选择了我家餐厅的食品，作为点缀他们最后一段生活的乐趣。一想到是供奉给他们的，我就越发地尽心竭力。以后不会再来了，也不可能再请他们享用了。但是，我期待他们品味出我倾注在这顿饭里的心意。那就是，一直以来谢谢你们了，谢谢你们选择了我家的餐厅。

虽然最后反正大部分都是我们自己吃，但我们还是精心地把饭菜盛在小小的纸餐盘里摆在窗边，又把菊花插在纸杯里，点上线香，然后两人一起双手合十，认真地祈祷："祝愿二位的在天之灵，在这里被拆除之后能够顺利成佛。"我还给他们加上了一小瓶啤酒。

这样，我觉得自己能做的事都做完了，不由得神清气爽。

回报喜爱我家菜肴的人们，这也是我应做的工作。

岩仓再次高兴地大快朵颐，把我做的东西吃得精光。

然后我们以较为冷静的感觉，又做了一次。

"越来越合拍，却要分开了，真的觉得很遗憾。"

岩仓说道。我也有同感。

幽灵们没有出现，我想他们一定对食品很满意吧。

如果留下过夜会很难过，所以我决定半夜回

去，岩仓送我。

我们一步一步地行走在夜路上，感觉到某种清爽。

"我会发邮件的。"

"嗯，过得很开心。谢谢!"

这么说着，我们带着笑容拥抱在一起。大衣里包裹着岩仓的体温，跟我的体温融合在一起，非常温暖。

"咱们互相都这么喜欢对方，可是马上就要分离了。"

说着，我抬头一看，岩仓的双眼满盈着泪水。

"咱们俩都太乖了，没法只为游戏上床。"

"你不就是为了不要当乖孩子才离开日本的吗?"

"嗯，可是在你面前不行。已经全都被你看到了。"

"说不定什么时候还会有缘分。"

然后，我们就分手了。

岩仓一直不停地挥手，在午夜的路上目送我走远。

我觉得我们都在为对方的将来着想，所以互相都没跟对方联系。

岩仓只来过一封电子邮件。除了近况以外，只写了：

"我在这边一点儿也不受异性青睐。"

这么一句。

那种语气，或者是那种不着边际的感觉，使我想起了他的一切，眼泪不由得涌了上来。

岩仓那总像是闲来无聊的身影、我们一起仰望的天空的颜色、他双手合十的动作等等，一下子都浮现在脑海里。

要是哪一点稍微有所不同的话，说不定我们就能心满意足地顺利交往了，然而已经不可能再见面了，一想到这儿，就无法止住泪水。

有一次，我经过那栋公寓一带，看到公寓已经完全被拆除，正在修建一座气派的大厦。虽然像这样目睹城镇的变化也可以算是我的工作，但我却感到心痛。我觉得，我们俩炽热的感情也随着那对老夫妇一起被彻底埋葬了。

但愿所有的一切尽皆成佛，我一边暗念，一边走过了那块地方。

后来，随着时间的流逝，我忘记了一切。

但是，八年之后，我们结婚了。

这，只能说是缘分吧。

先说岩仓，这八年间一直在巴黎郊外的一家餐厅当糕点师。当然这期间一定也经历了种种恋爱、痛苦和喜悦吧。

至于我呢，经历了一场大恋爱，曾经想放弃继承家业成为那人的妻子，但还是以分手告终，最后又回归了自己的天职。虽然距离一个稳扎稳打的女老板还差得很远，但让父母放下餐厅一起去一趟温泉，这种事情已完全得心应手。

岩仓的母亲因心脏病发作而去世，是在那年四月。

我没有参加葬礼。因为我觉得，一个跟儿子睡过几次的女子即使来了，也只会令人尴尬。可是，我在内心深处表示了哀悼，还想过岩仓是否回来了等等。随着时间的流逝，对他的感觉已经完全变成了学生时代的美好回忆，因为记忆已经淡薄，我也没有特别想要见面。

之所以这样，是因为有好几位店里的常客都对我颇有好感，父母也为了我在客人中四处留意，结果我成了招牌美女对客人挑来选去，后来就对其中的一个渐渐产生了一些好感。

而且，那人正在学习厨师课程，对将来的理想也与我达成了和谐的意见。他体格健壮，颇具魅力，有点像我爷爷。那段时间我正在想象，啊，跟这个人结婚也许还不错。

但是，我与岩仓，正是在这个时候再次意外地相遇了。因为都是本地人，所以相遇也应该是正常的，可为什么我们俩，彼此都那么忙却突然有了闲暇并且就在这闲暇中相遇了呢？

当时我正在附近的茶馆独自喝茶，他轻快地走了进来。

我刚在想，进来的这个男人衣服颜色真是好看啊，就发现他竟然是真真切切的岩仓！

我们俩互相瞪圆了眼睛，然后我一招手，他就坐到了我对面。

我觉得，长年的海外生活使他肌肤的质感有了一些变化。另外，因为制作糕点的缘故，右手非常强劲有力。肩膀也比以前厚实得多，脸颊显得消瘦了一些。目光已非往日那般蒙眬、温和，而是带着体会过孤独和自立的成年人的敏锐。

啊，亲眼见过之后我才终于明白：他一直想变成现在这样，可是如果在日本就永远也不会有改变的机会，所以他只有出国。以前只是听他说说而已，所以根本不明白他究竟想要怎样。

"好久不见，你完全变成大人啦。"

我说。

"你也完全长成大姑娘了。"

岩仓笑了。

这家茶馆位于从车站进入小路的路口附近，我们的座位在洒满初夏阳光的窗边，从车站出来的人们刚刚换上短袖，裸露的手臂令人感到有些晃眼。街树的绿色生机勃勃地向上延展着，仿佛要触到天空。

"我回来继承家里的糕点店。"

"果然。"

我说。

以前我就认为，他母亲去世后店里只剩父亲一人，按他的性格不可能不继承家业。

"跟你母亲见上了吗?"

"见了，从第一次发病住院开始陪了一个月。每天都去看她，出院之后还一起去了趟温泉呢。关于继承家业的事，我一句也没提。可是能够一起度过一段美好的时间我也满足了。我还是反复考虑了很多，虽然多少有点犹豫，但事到如今也没有什么理由再待在法国了。正好那边我工作的店要扩大规模，招聘了很多年轻的新人，刚刚从头教了他们一遍，我想应该没什么问题了。我觉得从时机来看也是恰到好处吧。"

"你父亲还好吗？"

"不好，非常消沉。几乎让人不忍看下去。"

"那你家的店会怎么发展呢？是不是你父亲做卷筒蛋糕，你做西点？"

"我也这么想过，不过现在我觉得，好不容易作为专营店卖到现在，那么卷筒蛋糕就只为圣诞节和预订的客人做吧。到如今仔细想想，其实老爸也有他自己很出色的创意和技术啊。因为，虽然我学得那么努力，可是怎么也没法比老爸烤得更好，我是说卷筒蛋糕。"

"那样的话你能继承家业吗？"

"只要仔细注意口味，应该可以吧。我老爸简直是个专家，卷筒蛋糕刚烤出炉的时候，摸起来虽然不烫可是感觉很蓬松，还有，他搅拌的样子每天都不同，选择搅拌方式既不是根据气候也不是根据温度，他说这已经没办法用语言说明了。另外色拉油也是，实际上在搅拌时要对量的多少和加入的时间都有绝妙的把握。我以前觉得，老爸的这些看法，根本就是从来没去过发源地学习的人讲的歪理，可是，我在法国那边，比起在学校学到的东西，归根结底还是在各个糕点制作现场学到的更有参考价值，那些都是绝无仅有的独特做法。我觉得老爸的独特跟他们的独特是一样的道理。也许我想做的事情就是要把老爸那种味道保留下来，我想用我自己不同的视点去观察，好好掌握那些技术。不过既然专程去学了就想尝试各种创新。老爸也很高兴让我教他一些新东西。我们俩还打算开发一些独创性的蛋糕呢。这样也许能让老爸心里产生一点希望。"

"你母亲不在了，店里会不会照应不过来？"

"嗯，是有一点儿。毕竟靠我妈的社交能力提高了很多销量。以后只有我爸和我两个人了，所以得做些改变，让店里的气氛稍微男性化一点儿也是一种办法。也许得花些时间，反正，就算我们竭尽全力也做不到像妈妈那样。她是招待客人的天才。另外，我在那边的工作也是一种学习，学会尊重前辈和传统等等，所以我还真学到了不少呢，比如人际关系什么的。而且，不再依赖老爸了，这可能也是一大收获。还学会了做法国菜。"

"求你别搞成法国餐厅变成我的竞争对手啊。本来就因为经济不景气经营困难呢。"

"不至于那样啦。小节那边大体上还行吧？"

"哪儿啊，那些老顾客对味道挑三拣四的。有时候店里只有我一个人，他们就很明显地摆出一副失望的样子。"

"不用担心。你做得那么好吃。"

我们互相叫着"岩仓""小节"，心里不禁有些悲喜交加。

令人感到不可思议的是，那一刻，时间的流动十分神奇。

既不是倒流，也不是静止。

只是轻柔飘渺地弥漫开来，越来越阔大。在光线中，仿佛扩展到要直触天穹。就那样，时间包围着我俩化作永恒。

我以为这只不过是自己一个人的感受，可是后来一问岩仓，他竟然也有同样的感觉。

那时候，我们之间当然丝毫没有性欲这种东西。

坐在阳光流泻的窗边，喝着红茶，柔和而温暖的金色阳光包裹着我们。那是我们一直渴求的阳光，它使我们干涸的内心恍然大悟："就是这个，我们缺少的就是这个。"

也许"祝福"这个词最接近当时的感受。

长期以来，我们一直在寻找各种各样的东西，而当时的感觉正是，我们所寻求的原来就是这个呀。

以前我们还年轻，以为靠做爱能够把我们联系起来，但事实并非如此。此时我才悟出，只是像现在这样无欲无求地聊天，心灵深处就会涌现出无法言说的活力。啊，就是这个，这样就好了。

这种感觉渐渐变成了确信，两人只要相对微笑就满足了。我们都感到，这一时刻将持续到永远。我的灵魂仿佛在说：以前很长很长的时间一直觉得缺少了什么，失去了什么，原来就是这个啊。尽管在内心的某处隐约知道些什么，但绝没有想到居然就是这个。一直那么寂寞，原来竟是因为欠缺了这个。因为太过寂寞，所以连想到这一点都无能为力了。

屋内的光线与外面美丽而透明的阳光，还有照射在我俩之间的灯光全部汇集在一起，照亮了未来。

我们互相交换联络地址后的一周，岩仓打来了电话："喂，如果你还单身，我们就结婚吧。"

我也一直这么想，所以马上回答"好啊"。

"现在，恰好我是自由人，而且这里也有那个小洞。"

岩仓在电话那边咯咯地笑了。

在双方都分别继续经营各自店铺的前提下，我们很快开始讨论结婚事宜。父母起初虽然有点吃惊，但很快就改变了想法，大力赞同。

有所变化的是，我又雇了一名专业厨师（不是以前爱上我的那个），让他当我的助手，这样我稍稍有点接近老板的角色，以便腾出手来照顾家庭生活，还有就是我家的餐厅推出了卷筒蛋糕。

我一直坚持练习书法，亲自写了"应季卷筒蛋糕"，加入墙上的菜单里。店里把卷筒蛋糕放在我亲手烧制的盘子里销售，厚厚的两块售价六百日元。

虽然在自己漫长的人生中有过许多令人厌恶的事情，但即便如此，我也渐渐开始一遍遍地接受：

这就是我。

跟以前的想象比起来，人生其实一点儿也不无聊。

"婚礼的时候我甚至想邀请那对老夫妇呢。"

听到岩仓这么说，我马上点头："啊，那对老夫妇。"

在空空如也的房间里，我刚好也在想他们的事。

蜜月旅行我们决定去尼斯。因为跟懂法语的岩仓同行，所以对我来说快乐无比。商店也好宾馆也好岩仓都知道，我也就很轻松。就这样，我那狭小的世界一点儿一点儿逐渐扩大了。之后我们开始寻找新居，终于找到了满意的房子。对话正是我们在即将搬入的房子里测量窗帘尺寸的时候开始的。

"这个房子，好像完全不可能出现幽灵啊。"

他说道。

八年的岁月，彻底改变了他，然而无法改变的地方依然丝毫未变。

日本人绝对不会穿的夹克款式、制作点心的工具、偶尔有国际电话时他说法语的样子等等，这些反而使我涌起了希望。

有并不熟悉的东西进入生活，是件令人高兴的事。

我常想，他娶我为妻不会觉得无聊吧？我这个人始终在同一个地方，做着一成不变的事情。我能够给他带来的新事物就是，在另一个场所成了每日操持家务的妻子——一个没什么了不起的角色，以及蛋包饭，仅此而已。实际上对他来说，找个像他母亲那样擅长待客的女性，或者找个更加艳丽诱人的女性——反正他有工作，这不是更好吗？我曾经认真地这么想。

我问过他多次，他总说，一点儿也不无聊，心里很踏实，而且我的容貌和身体越来越让他喜欢。

的确，我的身体已经从一个幼稚的、紧绷绷的小姑娘，变得更加成熟了。从浴室的镜子看去，腰部的曲线连自己也不禁感到"真是充满诱惑的身材呀"。臀部紧实，脚踝纤细，胸部浑圆，粉色的乳头娇嫩柔软，感觉真不错。这应该是充分的体力劳动锻炼出来的。

"那对老夫妇，不知成佛了没有。"

"那顿蛋包饭和猪肉咖喱饭，他们绝对很满足啦。最后那段时间，因为爷爷腿脚不便来不了了吧。"

"好像是啊。所以，他们一定很高兴。"

我笑了。

也许我再也做不出比那更尽心竭力的饭菜了，但即使到现在，每当我因疲惫而感到技艺要衰退，或味道要过咸时，总是会想起那时我倾尽全力烹调的、请岩仓和那对去往天国的老夫妇享用的最后一顿晚餐，我不愿失去倾注在那蛋包饭和猪肉咖喱饭中的心意，意志也便坚定起来了。

对任何人来说，我烹调的食物都有可能成为最后的一餐，无论何时我都不会忘记自己所从事的是这样一种工作。

"我在想，等有时间了，给镇上独居的老人订餐，送外卖吧。开发一些便宜的蛋包饭盒饭之类。"

我说。

"我也想这么做。在法国那边，特别是在巴黎以外的地方，即使只是家面包店，也特别重视本地人。当然也很尊重远道而来的客人，但是对本地人也有一种想法，要为你提供美好的时光，非常有职业意识。"

岩仓说道。

"什么时候用个什么形式，把店合在一起吧。"

"要是能有更大的地方，把咱们家也建在那儿就好了。"

我想，在那一天到来之前，我们一定是住在这个房子里啦……

房子采光不错，通风也好，公园的绿意清晰可见，还可以听到从附近小学传来的孩子们喧闹的声音。这里，与那破败的房子截然不同。幽灵估计不会出现，而我们也都彻底长大了。

如果没有长大成人，就绝不会在相隔如此之久以后恍然大悟：……在被炉边与某个亲近的人相对而坐，尽管内心略感无聊但双方都并不固执己见，也不针锋相对，间或为对方的话语感动，要么没完没了地长聊，要么沉默不语……那段看似毫无意义的时间，远比时而缠绵做爱时而大吵大闹时而又和好如初的生活要宝贵得多。

现在想来，那种以为后者更加重要的感觉，就是所谓的年轻。或许正是因为年轻才不懂得彼此的宝贵，或许也正因为在某处有所醒悟，之后才会有此体认。

即便如此……我们会将棒和洞以谁也无法了解的方式隐藏于相互关系的核心，执着于彼此的每一天。我们会在夜晚绵绵不绝地互相诉说琐屑杂事，或者做爱，就这样渐渐老去。我们会呵护两人之间的关系——既不仅仅是身体的，也不单单是心理的，把只属于我们两人的空间扩充到极致。

我们会以尼斯为开端，无数次地一边体认两人之间性爱的契合，一边去世界各地旅行吧。

即便如此，也一定不会超越那日在阴霾的天空下、在温暖的幽灵出没的房间里，裹着羽绒被的性爱吧。

在我俩关系的根基里，无论何时总会留有那一时刻的感觉吧。

并且，总有一天我们也会像那对夫妇一样，几乎不留痕迹地消逝吧。

乍看之下这是单纯的人生，实则属于足以同世界七大洋冒险相匹敌的巨流。在那里既有我故去的外婆，也有岩仓已逝的母亲。此外，还有那对夫妇。所有的人都在那巨流中生存，尽管进行着种种挣扎，却终究归于同样的洪流。

假如，假如没有在那个房间见到他们，我们会不会结婚？

只有这是一个谜，但也许，就不会结婚了吧。

无形中我有这种感觉。

"妈妈——！"

那时我看到的，首先是，员工餐厅的菜单。

油炸菜肉套餐、清汤荞麦面和蔬菜咖喱饭。

肚子非常饿。

吃什么呢？我在白板前一时陷入了沉思。

吃咖喱饭吧，就在做出这一决定的瞬间，脑海里突然浮现出了"和歌山咖喱事件"，确切无疑。

我觉得那是我特有的直觉在起作用。就在前一天的电视特别节目中，我刚刚偶然看到了一个报道，关于庙会活动时一个主妇往咖喱饭里下砒霜的事。既然难得有了某种感觉，要是就此打住就好了。

但我觉得，靠这点儿微弱的直觉，无法阻止我的行动，这行动仿佛要使我不断卷入洪流中去。

尽管以前几乎从没那么想过，但那次我却隐约感到自己出现在那个地方是必然的。我总觉得，在种种命运机缘的作用下，原本相距遥远的丝线突然发生了联系，一下子在那里纠结起来了。毕竟，我根本没有思考什么，或烦恼什么，也没想谋求任何变化。

心里所想的只有：啊，肚子好饿呀。

油炸食品和荞麦面都不合意，哪怕有上周那种葱花鸭肉汤面也就吃面条了，我一边这么想着，一边走进了员工餐厅。

走进餐厅的时候，我跟恰好要出来的一个男的擦肩而过，稍微撞了一下。那是个中年男人，头发蓬乱，显得有些落魄潦倒，穿着黑色的衣服，没穿西装。因为我眼睛正朝下看，而且又是一瞬间的事，所以完全不知道那人是谁。

但实际上，那人我认识，他叫山添，以前在同一楼层相邻的编辑部工作。

我完全没有注意到那人就是山添。

　　因为工作忙稍微错过了午餐时间，所以光子也已经不在餐厅了。光子在总务部打工，我们经常在餐厅见面。她是我在公司里关系最好的女伴，只要在餐厅碰面我们就总是一边吃饭一边闲聊各种各样的事情。

　　员工餐厅里从未像现在这样空荡，里面大多是午后才过来慢慢享用晚午餐的人。大概只有四分之一的桌子有人，我稍微犹豫了一下，最后选了靠窗的座位放下文稿："就这儿吧。"窗外可以看见楼下的停车场，美丽的黄叶从银杏树上落下来积了厚厚的一层。我只拿上钱包，站起来去买茶和咖喱饭。

　　我先买了餐券，递到窗口。身着白衣、十分面熟的阿姨说："咖喱饭，好嘞！"就笑眯眯地到里面盛饭去了。

　　然后我到茶水机那里，倒了一杯茶，又回到窗口取了盛好的咖喱饭。

　　那时我心想，啊，像这样一件一件地把事情做下去真让人心情舒畅啊。那是一种按部就班地准备午饭的喜悦。这种点滴的快乐，正是午休的好处，我这么想着，甚至有些陶醉，几乎要哼出歌来。

现在回想起来，我甚至觉得，这说不定是老天爷同情我在那之后就要遭遇到大麻烦，所以才赐予了我些许快乐。

不知为何心里暖融融的，简直就像是接下来将要发生什么快乐的事情一样。

岂止如此，实际上，到现在我一想起当时那既陶醉又平和的最后瞬间，就觉得自己简直可爱得令人忍不住偷笑。

那时候，没有任何一个人关注我。

大家都在专注于自己的事情或者餐桌上的话题，餐厅里本来就为数不多的人当中，没有任何一个人注意到那件事。

接着我回到座位，一言不发地一边看着文稿一边吃掉了咖喱饭。

背运的是，上周我得了很严重的感冒，嗓子还不舒服。而且，午后微热的阳光从窗外照射进来，既耀眼又略带朦胧，分散了我的注意。

我看的是叫作"校样"的东西，是已经校对过的作家书稿。我不知不觉地开始把注意力都集中在了稿子上，无暇体会味道什么的，只是像山羊似的一个劲儿地咀嚼，一口一口地把咖喱饭全吃光了。另外，因为这里的咖喱饭一直非常讲究，总是加入各种各样的香辛料，所以我也只是想：今天的咖喱，是这种略微带苦的口味呀。

然后……到了下午我渐渐地开始恶心，刚开始只是离开座位去卫生间吐了一次，但是完全没有好转，又反复吐了很多次，最终出现脱水症状，失去意识倒在了卫生间。我被人们用上司的车送到了一家大型急救医院，就在我所供职的出版社附近。

"很严重啊。"

第二天，光子来看我的时候，我已经恢复过来了，正坐在床上继续看前一天的校样。

这份稿子的作者送来了鲜花。卡片上写着："我的书晚些出版也没关系，请安心养病。真是一场灾难，但能够平安即是万幸。"

什么呀，即使你那边说晚些出版没关系，可出版社这边不就麻烦了吗？我是个闲不住的人，一边这么想着一边就在医院里干起了工作。

一方面因为我一直不太在乎自己的身体状况，另一方面，当然也因为我不甘心为这种事中断工作。我笑着说："像那样在大家面前又吐又难受的样子，都不好意思再去公司了。虽然那时候顾不上想这些，不过真不知道该用什么样的表情面对大家才好。而且，还上了新闻，真让我想哭。"

"公司里议论纷纷呢。"光子笑了，说道，"松冈姐，现在你可是头号话题人物哦。现在这种情况，不管多帅的人说不定都愿意跟你约会呢。"

"这种事还是免了吧，我有男朋友啊。不过，昨天社长来看我的时候，我还真有点儿紧张，想起了'贫女嫁作贵人妇'这句话。"

我笑道。

"社长离过一次婚，现在独身，而且虽然快六十了但还是挺帅的。"

"是啊，衣着考究，风度翩翩，在医院这种煞风景的环境里，感觉就像是加了一道亮色。当然，他带着花，田中秘书也在一起。我简直没想到社长本人会亲自来。而且我那时穿着皱皱巴巴的睡衣正在打点滴呢，真是不好意思。"

"但是，你是在公司中的毒，社长来探望也是理所当然的。"光子脸上露出愤愤的表情说道，"据说因为午餐时间马上就要结束了，所以在松冈姐之后没有其他人吃咖喱饭。"

"只有我一个人出事儿真是万幸。那时候我真觉得难受得快要死了。因为一点儿也不知道自己到底出了什么事。"

"真是一场灾难啊。不是有传闻吗，说那个叫山添的家伙，以前为一个女子大学的学生作家任责任编辑，被撤换以后成了跟踪狂。大概是一年前的事吧。他半夜跑到人家家里去，还打电话纠缠不休，尾随人家什么的，好像非常过分。据说因为这个被开除了，这次改变了攻击对象，开始仇恨公司了。听说最近在精神病院看病。后来，他好像不断对公司提出各种指控，比如某位先生的畅销书其实是跟他合作完成的，却没有给他版税等等。公司后来好像出钱让那位先生搬家了。我还听说公司让新的责编为作家当了一段时间的保镖呢。跟他同一个出版部的人好像都知道这些事，不过部里让他们不要外传。"

"我想即使我是出版部的部长，也会这么要求他们吧。根本想象不到会弄成这个样子啊。山添离开公司以前我也经常碰见他。他给我的印象总是穿戴整齐，工作也勤勤恳恳的，所以当时完全没认出来是他。还以为是熬夜工作累坏了的营业部同事。不过，幸亏很快就抓住了他，了解到是哪种毒物，采取措施也很及时，对我来说实在是不幸中的万幸。大夫这么说的。"我继续说道，"虽然这完全是飞来横祸，但是对于擦肩而过的山添，一想到他那种落魄的样子，我就恨不起来了。因为跟以前完全判若两人了呀。"

这是我的真心话。

以前的山添完全融入了公司的氛围中，绝对看不出来有什么脱离常规之处，可是那天他那种穷途末路的灰暗，以及走投无路的形象，我到现在回想起来还历历在目。

那样子完全像是一个已经走上了不归路的人。

他自己一定也觉得不至于到了那种地步吧。

说不定，他跟那位作家过去曾经有过恋爱关系。合作写书的事虽然有可能是谎言，但他多少提过一些建议之类的也是理所当然的吧。

或许潜藏在他心底的某种深层的东西偶然被那场恋爱所触发，使他日益迷失，滑入与原来想法完全不同的方向，这才变得不正常了。

"松冈姐真善良啊。"光子笑了，"说起来你就像被卷入了一场感情纠纷，又都是些不太相干的人，更何况还危及性命，应该更加气愤才对呀。"

"不过，我从来没想过这种事会降临到自己的头上。一直觉得这样的事件根本就和自己无关。到现在，连打着点滴也感觉像做梦一样。"

我说道。生气也好什么也好，我的真实感觉是，还没有弄明白到底是怎么回事。

光子点点头，表情认真地说："是啊是啊，这些年有很多人都因为心理不正常而辞职了。可是，那个山添，光是变成跟踪狂这一点就已经够让人意外的了，居然还在员工餐厅里投毒，这种事会发生在我们身边，真是万万想不到啊。被跟踪的那个作家，在电视里哭着向松冈姐道歉来着。真是的，飞来横祸落到了松冈姐头上。不过，好在没什么严重后果，真是万幸。"接着她继续说，"不过话又说回来，要是更厉害的毒，松冈姐就已经不在人世了。要真是那样的话，我说不定会因为打击太大或者过于寂寞，没法再在这家公司待下去了。松冈姐，说不定还有更多的人会因此死掉，这种可能性，就连想想都觉得好可怕啊。"

　　光子说话的那种认真劲儿，让我一下子放心了。她似乎很希望我早日回去工作，继续跟往常一样的日子。

　　"我暂时什么都不想在员工餐厅里吃了。"

　　我笑着说。

　　"就是啊，感觉不好嘛。去员工餐厅的人好像减少了很多呢。"光子也笑了，"餐厅里的阿姨就可怜了。"

　　"是啊，所以，我以后一定还会去的。"我说，"这种事，我觉得不可能再发生第二次了。"

　　"不过，松冈姐，你要是有哪怕一点点别扭的感觉，就随时来找我吧。反正我也总是不按时吃午饭，错开多长时间都行。所以，咱们一起去外面吃吧。"

　　光子拉着我的手说道。

　　"谢谢！"

　　我说。光子的善解人意让我很高兴。

那时候，我在某种意义上还处于类似"事件亢奋"或"住院亢奋"的状态，由于被卷入可怕的事件当中，以社长为首的人们纷纷前来探视慰问，那种兴师动众的阵势、获救的喜悦，还有身处医院的安全感等等，都使得我对于自己的肝脏究竟遭受了多大的损害，对于这件事究竟在多大程度上影响了我人生的诸多方面，完全浑然不觉。

犯人山添掺在咖喱饭里的，是大量的感冒药。

我被洗胃之后，一直在打点滴，又接受了很多检查。医生交代："暂时需要禁酒，禁止剧烈运动，避免压力，避免食用含有辛辣刺激物的食品，除医院开的药之外禁止服用其他药物，尽可能静养，需要来院复查，如果自我感觉精神不稳定，我们随时提供心理咨询，请尽管提出申请。"就这样，五天之后，我出院了。

躺在医院的时候完全不知道，但是回到家里一看镜中的自己，才发现脸色相当难看，而且，极度虚弱。

那种虚弱感如何形容才好呢，是从头到脚彻头彻尾的虚弱，感觉精神越来越消沉萎靡。即使什么都没做，精力也像水一样不断从自己的身体里流失，体内只剩下如同濡湿的抹布那样的东西，就是这种感觉。

即便如此，我又不是无法行动，不愿意一直躺在家里，所以在人们还依然议论纷纷的时候，我就照常去公司上班了。我不希望被人们认为精神已经垮了。

实际上，单是乘坐电车到达公司，我就已经觉得耗尽了全部精力，虚弱不堪。不过，仅仅是没有活力，工作还能想办法完成，而且由于饮食受限，也不必参加应酬，可以早些回家，因此，周围并没有人察觉到我的虚弱。

起初大家都饶有兴致地关注着我，问长问短，在走廊呀卫生间等地方都能听到"那个人，就是中毒的那个……"或者"看起来比抬走的时候精神好多了"之类的话，令我极端地难为情。但时间在飞快地流逝，当我还完全淹没在虚弱的池水中时，外面的景色已经在一天天地变化。

为了那位熟悉的阿姨，我鼓起勇气跟光子一起去了员工餐厅，当我吃葱花鸭肉汤面时，周围的人都为我鼓起掌来。

人们顺理成章地形成了这种认识：那个人已经没事儿啦。关注我的人也就渐渐减少了。这样一来，除了我自己的内心之外，一切都慢慢平息下来，回到了日常的轨道。

而我内心的某种东西却依然残留在那里，不知何时就会受到刺激。

然而，仔细想来，尽管我自认为可能是虚弱所致，但每当被警察、医生问这问那的时候，我的情绪就不知不觉地开始变糟。

我开始焦躁，感到自己似乎就要爆发了：够了，别来烦我了！

这种情绪作为一种撒娇行为最为显著的表现，就是对我的男友。

我与男友阿佑已经恋爱三年多了，那时正在同居试婚。所以与我相熟的人都知道他的联络地址，事发后很快跟他联系，他就赶到医院来了。也是他跟抚养我长大的祖父母联系的。

他向公司告假，提前下了班。从我洗完胃回到病床，到被各色人等问来问去，这期间他都一直陪伴着我。

当我看见赶到医院的阿佑时，心想："要不是这么没劲儿，我一定会更高兴的。"我真的放心了。

因为，现在只有跟我一起生活的阿佑，才是最近的亲人。

那之后的几天里，大家对我百般娇惯，百般呵护。因为担心病号饭不好吃，阿佑就让他母亲做了美味细软的粥和杂烩带来，用医院的微波炉给我热好；我奶奶每次来送换洗衣物或我的必需品时，都会跟他交流各种事情，两人的关系增进了不少，我的病床周围也十分热闹。

啊，感觉好像增加了一位新的家庭成员，尽管我浑身无力却还是有点开心。一旦发生不寻常的事，其结果必然会增加凝聚力。

看到家人为了我时而责怪山添和公司，时而生气，时而又落泪，我总是很难为情地想："我被人爱着呢。"

"以前，我不太清楚你没有父母的事。对不起。"

一天晚上，探视时间早已结束，阿佑带着苹果悄悄地来了，他一边看着调小了音量的电视，一边嘟哝了一句，手里还灵巧地削着苹果。

因为社长为我安排了单间，护士对探视时间的要求也放宽了许多。

夜晚的医院万籁俱寂，仿佛变成了一个只有我们两人的世界。我们俩在一个前所未有的狭小而寂静的世界里，声音也不由得放低了。

那个晚上，我仍然全身无力，无法随心所欲地行动，精神也总是舒畅不起来，处于有些抑郁的状态。

我默默地吃着他给我削好的脆生生的苹果。酸甜的味道使我的心情一瞬间变得舒畅了，但是一坐起身来就虚弱瘫软，无力支撑。点滴一天比一天令我厌烦，为固定针头而贴着胶布的地方越来越痒，由于长时间卧床，腰也很疼。

在这种时候，无论有多少爱，也无论交往的时间有多长，要在聊天时说明一件沉重的事，都是无比讨厌的。

"这段时间有机会跟你奶奶聊天，很多事情都是第一次听说，以前从来没有专门问过你，真的觉得很不好。"

他说。

"别说了，这种话！"

我没想到自己的语气如此激烈。我焦躁的声音在寂静的房间里久久回响着。那种焦躁像泉水一样从我体内的最深处不断上涌，我压抑着不让它爆发。

最终，是苹果让我没有爆发。

漂亮的红色果皮在盘子里卷成圈儿。阿佑上完一天班已经很累了，又特意绕道来看我，还给我削了苹果，他对我的激烈言辞十分吃惊，那惊讶的表情，看起来简直就跟眼前这美丽无邪的苹果一样。

我努力地用比较平静的语气继续说："可是，我也不是什么事情都记得那么清楚啊。再说，阿佑你也是父亲去世以后母亲再婚，我想你当然也有过各种各样的苦恼，就算想要说明恐怕也很难说清楚吧。所以，阿佑你虽然没有专门跟我谈过这些，我们也不会有什么变化呀。"我说道，"现在，我虽然身体很糟，不过慢慢会恢复的。而且，今后也会组成自己的家庭，所以心里满怀期待，顾不上考虑什么过去的事情。虽然我心里某个地方可能确实受到过伤害，可是以前都已经努力面对过了，再说小时候的事情也记不太清了。虽然也可能还没完全克服，但爷爷奶奶真的是把我当作自己的孩子一样疼爱，所以我并不缺少关爱，心里也没有什么意想不到的扭曲。你就放心吧。"

"这一点，我跟你交往了这么长时间，早就明白。你爷爷奶奶的亲切慈祥我也都知道。"他说道，"可是，因为发生了这件事，周围议论纷纷，又被人东问西问，脑子里一定乱七八糟的吧？"

他具有这种独特的敏锐。平时优哉游哉的，几乎从不问我正经的问题，可是对人的表情或语气却观察得十分清楚。

"嗯。可能是吧。不过，只要周围安静下来，我就一定也能平静了。"

我说。

"总觉得从出事以后你的表情就有点儿阴沉，我多少有些担心，不过想想也是，差点儿就搭上性命了，这世上没人在这种事情之后还能摆出一副什么事儿都没有的样子。"

他这么说着，笑了。

确实如此，每次只要一谈到父母啦、家人啦、儿童时代的回忆啦这类话题，我就总是眼前略微一暗，感觉像有什么沉重而坚硬的东西一样。不过，这种感觉转瞬即逝。

现在，我活在自己的每一天里，又有工作，而且跟阿佑共同生活，他拥有宁静、高洁的心灵，跟我也情投意合。

无论是青春期周围都在清一色谈恋爱的阶段，还是工作之后周围清一色跨入婚姻的时期，我都始终如一地固守着自己的内心，如同在呵护着它一般。

但心底的某处，我却很羡慕大家。

我觉得，喜欢浮躁风格的人，必定对爱毫不在乎，即使白白浪费也无所谓，即使像水管里汩汩涌流的水那样哗哗流失也依然会不断溢出，他们一定是对这种爱情很无所谓的人。

当然也会有例外，但是我周围那些喜欢男欢女爱的人们，看起来却都是这样。我心想，真不错啊，他们能那样毫不介意地对待别人的爱。

我从来没有怀疑过祖父母的爱，但不知怎的心里确实有"我是被领养的"这样一种负担。我的感觉就像是正好寄宿在了非常喜欢的人家，心里总在想："即便撒娇并非不可以，还能让他们高兴，但是也不能过分地添麻烦。"

另外，渐渐地我彻底明白了，这世界上所有的人都曾因家人而受到过伤害。我醒悟到：自己丝毫没有什么特别之处，差别仅仅在于，面对这一问题时，有人处理得很好而有人处理不好。总而言之，一方面得到家人的疼爱与呵护，另一方面又遭受家人的制约和束缚，人就是这样的啊。

因此，我对于组成自己的家庭格外慎重，虽然阿佑提出想快些结婚，但我说先一起住一年看看再说。

而且我这个人，迄今为止，年近而立却只跟三个异性有过交往，与朝三暮四、水性杨花之类的事完全无缘，净做些死认真的事。

阿佑与我，在同居试婚后比想象的还要和谐。我们对食物的爱好几乎一致，他也帮我分担家务，他长期与母亲二人共同生活，所以跟我一起也能保持自然的距离和节奏。我们每周六晚上都会做爱，之后会一起入浴。然后，两人面对面地含笑入眠。

同居生活远比单纯交往的时候更加安定、更加快乐，这令我十分惊讶。

我开始感到，也许自己一直想过这样的生活。没有什么理由，心情平静，感觉安稳，只是希望这样的日子一天一天地继续下去，我想要过的就是这种生活。

或许，被我看作"对爱情毫不在乎"的那些人，正是因为他们原本都过着这样的生活，才能够对各种事情都变得漫不经心，那么今后我也可能会逐渐变成那种样子。虽然对于结婚和生儿育女这类事我有点儿害怕，但或许这都算不了什么，这样一想，我的心情甚至在不觉间轻松了一些。

我被不明就里的紧张感笼罩着，迄今为止，在不知不觉间我疏远了阿佑以外的男性，可以说，正当这种紧张感和疏远感渐渐缓和起来的时候，我遭到了那次咖喱事件的打击。

那天晚上，我在心中把自己在病房的小小爆发当作对恋人的撒娇化解了，随后便彻底遗忘了。

临近出院的一个夜晚，终于撤下点滴后，一直贴着橡皮膏固定针头的地方奇痒难耐，令我无法入睡，因为实在无聊，我便走出病房来到了夜幕下的庭院。夜晚的医院寂静得骇人，抬头仰望，只见我刚刚从中走出来的巨大建筑高高地耸立着，建筑物上黑洞洞的窗户和亮着灯的窗户如同图案一般在黑暗中浮现出来。

我穿着睡衣，眯起眼睛向上仰望。

这座建筑物里的人，或多或少都有着关乎性命的问题。我偶然得救，虽然如此无聊，却可以在外面的新鲜空气中平复心绪，可以用自己的双脚走到这里，但是有许多人却永远也无法走出这里。

然而，这里是如此寂静。

我这样想着。仿佛即将被这份寂静吞噬，消失在其中。

一想起那时的自己是那么渺小，至今都不由得感到寂寞。

小小的脊背，小小的手足。我用尚不能健步如飞的衰弱之身，竭尽全力地仰望宇宙，然而我过于虚弱，仿佛要被风吹走。

由于平时总是忙于应付朋友、家人和生活，有些无比巨大的本质的东西几乎要被我遗忘了，但是在那一刻，那些东西却仿佛要同那份寂静一起将我一举压垮。我就那样一无所知地、毫无防备地进入到黑暗当中。只是为了了解自己的渺小。

不知不觉间我出院了，回到了工作岗位。

我本来以为，接下来只差身体完全康复，一切就都回到常态了……因为身体并没有受到太严重的伤害，我觉得，所谓的康复应该会突然在某个早晨干脆利落地到来。就像是感冒发烧，夜里大量发汗，次日清晨一觉醒来烧已退去，神清气爽，应该是这种感觉。

然而，实际情况却是病去如抽丝，而且是反反复复，一点一点地缓慢恢复，这令我始料未及，心里开始焦躁不安。以前我几乎没去过医院那种地方，所以，定期前往医院时的风景和印象，使我回想起了往昔，也越发增加了我的忧郁和虚弱。我逐渐意识到了这一点，但是周围的人却正在开始淡忘这一事件。事到如今，我一筹莫展。

如果我跟阿佑的休息日能够恰好赶在一起的话，他就会不遗余力地照顾我，开车带我去风景优美的地方兜风。

因为那曾经是我最喜欢的事情。

但是，仅仅是坐在车里我也很快就会晕车，连喝水都想吐。即使不晕车，我也总觉得眼前一片幽暗，美丽的景色在这片幽暗当中以令人目眩的气势闪现出来，我被那种冲击力压垮了。

美丽的绿色、大海的涨退，对于衰弱的我来说，都过于强烈、过于炫目，令我痛苦不堪。

啊，真棒啊，好美啊，可是我想早点回家钻进被窝。虽然并不困，但过度地被耀眼的光线照射，不禁产生了困倦般的感觉。

我连美味的食品也几乎吃不下去，日益消瘦，体力不支，走起路来步履沉重，像是在地上拖着脚步。

不过，因为并没有严重到无法支撑的程度，所以我没有把自己的虚弱告诉无微不至照顾我的阿佑。

什么时候才能恢复到可以从如此美妙绝伦的风景中获取能量呢？我感到很不安。因为似乎看不到出路。

就在那段日子里，有一天发生了这件事。

"是你呀，那个，投毒事件的受害者！"

虽然我知道这位四十五岁左右的作家先生毫无恶意，只不过想跟初次见面的我寻找话题，但我还是出了一身冷汗。作家先生的责任编辑因盲肠炎请假了，我只不过奉命去替他取书稿，就被作家先生请进了家里，还遭遇了这么一串话。

但是，身为编辑，我不能对作家先生说"别谈那件事了"这种话。

其实，关于那件事，自事发以来我一直被反反复复地询问相同的问题，从未间断，这对我虚弱的身体是一种重创。或许大家以为，对于平日无拘无束、开朗健康的我来说，不至于为此变得神经过敏。然而，虚弱以及琐屑杂事都使我倦怠不堪，备感沉重。

"是我，不过，那是一瞬间发生的事，而且我也出院了，所以感觉已经很淡了。另外，因为并不是针对我来的，所以总有一种好像很遥远的感觉。就像是被狗咬了，或者交通事故什么的，类似那种感觉。"

我说。

"犯人的样子，看到了吗？"

作家先生和夫人带着浓厚的兴趣，目不转睛地看着我这边。

两人的眼睛，无所顾忌地紧盯着我的脸。那目光，好像粘在了我身上。好奇是在所难免的，即便是我，要是碰巧有这种遭遇奇特事件的人到家里造访的话，无疑也会这么不客气地打量人家，尽管我心里这么想，但无论如何也抬不起头来。在陌生的家里，被陌生人盯着。不管怎样这也是令人不快的。

"欸，看见了。不过，跟在同一层楼工作时的印象完全不同，所以没认出来。根本没想到他去员工餐厅是干那种事的。"

虽然是我自己在说话，但那声音仿佛不是我发出来的，听起来十分遥远，就像某个人在随意地讲述令这两位高兴的事情。

他们又接连问了很多问题。

"那个女大学生作家的新任责编不会是你吧?"

"要是除了你以外还有很多人都吃了那咖喱饭倒下的话,公司可就遇到大麻烦了。"

"那人,在公司工作的时候是个什么样的人?是不是感觉有点不正常?"

"吃下去那么多感冒药是什么感觉呀? 感冒药真的会置人于死地吗?"

"那人没有真的想置人于死地吧? 要是真想杀人的话就会找更厉害的毒药了吧?"

开始我还应付着回答了些什么,但慢慢地脑子就变成了一片空白,说话也开始含混不清了。明明想说话,可嘴里就是什么都说不出来。我渐渐被难以言喻的焦躁所笼罩。烦躁到了几乎想要挣脱自己的躯体逃到外面去。恰似以前我在病房中面对阿佑时那种突发的焦躁状态,一切都要开始失控了。

接着,我突然将手中的茶碗啪的一声摔向地面。

精致的茶碗被摔得粉碎，那碎裂的声音深深地刺伤了我自己，比对其他任何人都更加严重，简直难以形容。

　　摔碎了茶碗，令我伤心得无以复加。

　　那么漂亮的茶碗，再也不可能复原了。时间无法倒流，情绪也久久激荡，无法控制。

　　我开始大闹特闹，作家先生试图阻止，慌忙中紧紧将我抱住。即便如此我也仍旧在他双臂中拼命挣扎，放声大哭。

　　"这么提问很讨厌，真的很讨厌！"

　　这已是近乎嚎叫的声音。

　　但是有另外一个自己却十分冷静。她一直从稍远处冷汗淋漓地观察着事态的发展。

　　这里可是作家先生的宅邸呀，我是来取书稿的，是奉差行事啊。而且我把人家家里招待客人的茶碗摔碎了，还大哭大叫地胡闹。

　　这种样子，已经跟山添没什么两样了呀……会被开除的呀。然而，无论如何我也无法控制自己，对自己束手无策。

我狠劲儿地挣脱了作家先生的手臂，捶打着地板号啕大哭。

已经彻底豁出去了。

这时，发生了意想不到的事。

作家夫人突然弯下身子，跪在地上搂住了我的头。然后，开始抚摩我的头。她以无限的温柔，如同对待幼儿那样反复地、反复地抚摩着。接着，她说："对不起啊。我们太不体谅你了。"

夫人的眼里浮现出泪光。然后，她转向作家先生，表情严肃地说："都是你不好，人家遭遇了那样的事，你还冒冒失失地问。"

"抱歉，光顾着好奇了。"作家先生一脸非常过意不去的表情，低垂着头说，"我确实是太不应该了。非常抱歉。"

我还没有停止哭泣，抽噎着说，茶碗被我摔坏了，我会照价赔偿的，这件事你们向公司投诉也没关系，实在万分抱歉。我的身体还没完全复原，觉得很累。不过，我并不认为因为这个就可以得到原谅，请按常规处理吧。

我终于说完了上述意思。作家夫妇同时摇着头说，是我们不对。我们自己也已经为人父母，怎么能做出这么过分的事情，完全不考虑你的心情，一直问这问那的……两人都一脸认真，坐在地板上不停地安慰我。

"如今这时代，像这样平平常常见面的人，不知道什么时候就会见不到了，这么一想，忍不住就对那件事思考了很多，结果好奇心就上来了，还是初次见面呢，就越来越忘了礼数，实在是太不顾别人了。这是职业病，我总是压抑不住自己的好奇。真的非常抱歉。"

作家先生说道。

"对一个刚经历了那种事情的人，我们太失礼了。咱们都忘掉这件事，安静下来喝杯茶吧。"

"茶碗的事别放在心上，毕竟受到更多伤害的是你，"夫人一边这么说着，一边若无其事地收拾了茶碗，到厨房去为我冲了一杯热的牛奶咖啡。然后把香味浓郁的蜜饯栗子摆在漂亮的盘子里端过来说，咱们和好如初，大家一起吃吧。

我非常难为情，头也抬不起来，我把这些东西放入口中，吞进胃里，身体渐渐暖和起来。

对自己的状态过于自信，这令我羞耻得无地自容。更何况，这般大爆发，还是面对初次相见的、绝对不应无礼的人。

这时我才醒悟到：当一个人被别人说三道四，被曝光在电视上，又回忆起不愉快的往昔，还要应付警察局的人，稍有闪失说不定就已命丧黄泉，当他遭遇这一切的时候，是不可能心平气和地继续生活的。

我满怀羞愧地想，早知如此我就接受心理辅导了。

我越羞愧，作家夫妇就越温和："你完全没什么不好，一点也不反常。倒是我们，真的很欠考虑呀。我们这样做就算挨打都不过分呢，真的很对不起。"

夫人直到最后都一直在这么说,作家先生也频频低头致歉。

于是我努力让自己谦恭到极点,颔首告辞。

这件事当然无法对阿佑说,入夜之后我在被窝里羞愧得辗转反侧,恨不得当作今天一天根本就不存在。

但是。

暂且撇开自己的所作所为,作家夫妇的那种真诚,他们在尽释前嫌后如孩童般纯净的表情,以及夫人抚摩我脑袋时的温柔感触,都实实在在地存留着,简直就像收到意想不到的人送来的花束一样,我的情绪也变得缓和起来。

按理说他们应该是冷酷地、满不在乎地把从别人那儿听来的事情当作素材写成畅销小说,并且趾高气扬,然而当我不由自主地暴露了自己的情绪时,他们也同样敞开自己,恰如年纪、地位完全平等的小朋友一般。

我感到完全能够理解那位作家先生的小说如此受欢迎的真正理由。

我认为，虽然大家表面上只不过在照常行事，而实际上或许都在互相交换着蕴藏于内部的美好事物。

我完全清楚自己的所作所为有多么荒唐无理。

然而，就在那天，我有了获得救赎般的感觉，自己在不知不觉间即将堕入山添那种毫无意义的疯狂道路，但是被人类的善良所拯救——在这样一个荒谬到任何时候死去都不足为怪的、动荡不安的世界里艰难工作着的人们的善良。

"看起来好像还是没精神啊。"

在作家先生家里摔碎茶碗之后不久的一个下午，一位叫笹本的上司突然在走廊里招呼我，他去年得了脑梗，现在已经恢复到只有一点点口齿不清，完全正常地工作了。

"肝脏好像还不太好，不过已经好多了。"我说道，"笹本先生脸色不错，真好啊。"

"嗯，能跟你说几句话吗？"

笹本先生说。

"好的，现在我没事。"

"那，去休息室吧。"

笹本先生说。

我预感到不妙。

这是因为，这位笹本先生正是那位作家先生的直接责任编辑——得盲肠炎住院的柴山先生的上司，而且他跟柴山的关系最好。

休息室里空荡荡的，只有一拨人在谈话。

坐进深深的沙发里，笹本先生一边喝着日本茶一边开口了："其实，并不是通过柴山先生，而是直接从××先生的夫人那里听说的。你，最近情况好像很不好？不要紧吗？"

"唉，如果是那件事的话，我已经有充分的心理准备了。"

我回答。

"我太太跟作家夫人关系很好，夫人经常来我家玩儿。不过，作家夫人是个很通情达理的人，所以当然没有对我太太说什么，也并没有希望对你做什么处理。相反，她甚至在我面前都反复道歉，对你的情况非常担心。所以，我才想问你一下，你，是不是太勉强自己了？"

"虽然我确实想坚持，不过身体还没彻底恢复，而且说实在的，我对自己没什么自信。"

我坦率地说道。笹本先生点了点头。

"那位先生，很年轻就成了畅销书作家，头脑也精明，但我觉得他对人情世故也的确有不够细腻的地方。我想他肯定没有任何恶意，就是像小孩子一样出于好奇才问了那些问题。"

笹本先生说。

"我明白，我觉得这正是那位先生了不起的地方，我也在反省自己没能好好回应他。"我说，"实在是太给您添麻烦了。"

那之后，我买来普通家用的漂亮茶碗套装寄到了作家先生家里，当然在价格上与被摔碎的茶碗完全不能相比。不过，我并不认为这样做就可以抵消一切，所以有心理准备，心想，也许得跟笹本先生一起登门道歉吧。可是，笹本先生继续这样说道："如果，你还觉得疲劳，或者精神上还承受不了的话，稍微休休假吧，我去跟社长说。当然这件事我没有对任何人说，也不会跟社长说。我已经对××先生讲过这个意思了，那两位一点儿也没有生气。他们甚至还很过意不去，所以你不用担心。休息一段之后也一定能让你恢复原职。轻松一点儿，想休假就随时找我谈吧。"

"多谢您关照。"

啊，这意思是说希望我在造成更多问题之前休假呀，我心里这么想。这种意思真实而痛切地传达过来。终于发展到被上司劝说休假的地步了，我备受打击，甚至感到还不如干脆被痛斥一顿开除掉呢。

但笹本先生仍然和颜悦色，耐心地继续说：

"你是被害人啊，虽然你可能不愿意承认，可能想当作什么都没发生，可实际上确实发生了，所以千万不要勉强。我虽然一直与山添共事，可是那段时间满脑子都是自己得病的事，什么都没有为他做。进一步说，我也有责任。我并不是要把你和山添相提并论，只是想帮帮你。"

"谢谢您，我好好想想。"

"唉，有时候我也对那位作家的提问攻势束手无策呢。被他详细地问过关于脑梗的情况，连我也是。"

笹本先生说着笑了。

"但是，是我不正常，那时候。"我说，"我会认真考虑。说不定，我请假对公司来说也比较好。"

"好的，你就轻轻松松地考虑吧。如果觉得不要紧、不必请假的话，也完全没关系。这件事就算没什么问题了。另外，我还有件事想说。"笹本先生改变了话题，满脸笑容，"我去中医医院，大夫给我开了各种药物组成的方子。吃药之后感觉好多了。如果你愿意的话想介绍给你。因为我觉得，中医真的有办法既不给肝脏造成负担又能给身体解毒，你要是还感觉疲劳的话，不妨去试试看。"

在病倒之前，笹本先生虽然是个好人，但一忙起来就容易动怒，而且语速太快，让人听不明白，还有些神经质，所以有时大家挺讨厌他的。不过出院之后为人就有了一些变化，脸上有了表情，气色也好多了，因为说话快不起来，也渐渐能平心静气地处理事情了。

以前甚至有人模仿他快速说话的样子来取笑他，可是近来他很和谐地同周围融为一体，大家都说"那人病过之后就变得非常容易相处了"。以我个人的说法，如今的笹本先生似乎对被人取笑这类事已经完全无所谓了。他仿佛生活在更加广阔的世界里。

本来我以为"意思是要让我休假"，心里有些别扭，但此时却深受感动。

我像个小孩儿一样满脑子净是自己的事，所以总是刚愎自用，公司里既然有令人不快的人，也就有像这样认真关注别人的人，有这种在不给别人增加负担的情况下尽力提供帮助的人。

那个曾经神经质的、焦躁不安的笹本先生，濒临死亡又起死回生，现在面带微笑，用亲切的目光注视着我。而我也曾濒临死亡，万幸之中才能够再次来到这里，在此情此景中感受那份亲切。

我感到，整个事情就像是一个美妙绝伦的奇迹。

"非常感谢，不过，真的可以吗？不给您添麻烦吗？"

我说。

"所谓介绍当然不是那么郑重其事的，就是给你一张写着医院地址和电话的卡片。什么时候有兴趣了去试试也挺好啊。只要想到万一有什么事还有这么个地方可以去，也能减轻一点急于恢复的焦虑吧。"

说着，笹本先生从名片夹里拿出医院的卡片交给我。

卡片因为笹本先生的体温而略带暖意。

仅仅一年之前，他一定全身心地思考过生与死的问题吧。关于妻子呀、孩子呀、现在的住房呀、今后的工作呀，等等，一定想了很多吧。

经历过这种事情的人所特有的一种深沉，缓缓地传递过来。

"谢谢！"

我说。他挥着一只手，走了。

对于人这种动物，我过去以为非常了解，如今，我差点儿也是被人这种动物害死，又是同样被人救助……面对这犹如精彩编织的故事般的演进过程，我稍感惊诧。

美好的事物与邪恶的事物如此这般地每日交替出现。

过去的恋人打来电话说在电视新闻里看见了我，也还是为了满足好奇，令我不快；但很快又有儿时住在隔壁的女孩儿跟我联系，说虽然从电视里看到久违的我感到十分惊讶，但很高兴我还活着，而且看上去精神不错。

我觉得自己已经不会再冲动失态了。

虚弱感还没消失，我抓紧去了笹本先生去过的那家医院，拿来没有副作用的解毒药服用之后，气色有所好转。于是，我周围也逐渐风平浪静了。

偶尔仰望天空，我曾反复设想。

那个时候，假如投入的是砒霜或者氰化氢，我不就在惊骇当中离开这个世界了吗？

天空泛着蔚蓝而澄澈的光亮，云朵如同毛笔描画的一般悠长地伸展着，飞机在一片蔚蓝中留下缕缕航际云，清风在高空吹拂。

这时我忘却了困扰多日的虚弱，全身心地感受着这一切。

即使我真的撒手人寰，这个世界也不会发生任何变化，时空依然如此流转。山添的罪过会加重，爷爷奶奶也许会整日以泪洗面地衰老下去。他们会怀念我，叹息为何竟会白发人送黑发人，会仇恨山添到恨不得咒杀他的程度。奶奶一定会连续数日、不辞辛劳地边哭边仔细为我整理遗物，把衣服一件件地叠好，送到洗衣房，把首饰擦亮，把餐具收入纸箱，会以我喜欢的细致周到的方式，用她那极少皱纹的双手把我遗留的那些脏东西收拾整齐。如同在爱抚着我一样。

至于阿佑，会孑然一身地待在我们两人租住的那个房间里。

他会孤独地吃饭，孤独地清洗我们两人共用的碗碟，会孤独地睡在我们两人共眠的床上，在假日孤独地去我们两人同去的泳池，并在归途顺便去我们常去的书店。

这样想着，我不禁潸然泪下。

将来有一天，他会跟一个远比我年轻的可爱女孩儿走到一起，对她讲"从前，我曾经有个快要结婚的女友，因为遭人投毒死去了"，引她落泪，也更加拉近与她的关系。

但是，那时我会从阿佑的生活中消失。葬礼结束，孤身一人回到我俩房间的阿佑。黑色丧服、背影寂寥的阿佑。所擅长的扫除工作只能为自己而做的阿佑。再也吃不到我做的意大利面的阿佑。

我经常想，我这样一个人，即使活在世上也并没有占据多少空间。一个人无论何时消失，大家终究都会慢慢习惯。这是事实。

然而，只要想象自己死后的情景，以及要继续生活下去的我所爱的人们，我就无论如何也克制不住泪水。

仅仅缺失了我的形体的世界，不知为何竟显得寂寥了许多，即使是短暂的时间，即使所有的出场人物迟早都会消失在时间的彼岸，那个有我存在的空间，也如同某种无比宝贵的东西一样熠熠生辉。

就像树木、阳光以及路上遇到的猫咪一样，那么可爱。

我为此愕然，无数次地仰望苍穹。一个拥有躯体、存在于此、仰望苍穹的我。一个有我存在的空间。

我的、有如远方闪耀的晚霞般美丽的、寄寓在躯体中的、仅有一次的生命。

阿佑要出差两周，很久以来我初次独自在家。

以前一直与爷爷奶奶一起生活，刚刚存够了钱自己租房之后不久就认识了阿佑，所以实际上我几乎没有真正一个人生活过。因此我感到非常新鲜，比平时带了更多的工作回家来做，在随心所欲的时间吃饭、工作、洗衣服等等，出乎意料地并不感到寂寞。

即使这样，我一个人待在两人合租的宽敞房间里，突然忍不住想："我在这儿干什么呢？"

娘家听我说阿佑出差，难得不在家，就极力邀请我，于是我在第一个周末回去了。

说是娘家，其实是爷爷奶奶家，我正是在这个家里长大成人的。

我帮着爷爷打理庭院，猛吃奶奶做的红豆糯米饭，跟奶奶一起去附近的澡堂，互相搓背。奶奶的脊背光滑细腻，水从上面滑落得干干净净。感觉真年轻啊，奶奶还会活很久，这令我十分安心。

　　之后我们暖暖和和地一边眺望着黄昏时分美丽的天空，一边顺便去购物，两人一起悠闲地走过我度过了青春岁月的熟悉街道。

　　"想吃草莓啦。"

　　我一说，奶奶就高兴地给我买了两盒。

　　晚饭吃牛肉火锅的时候，我们一如往常，在最后放入米饭，搅拌成糊糊吃，这是我们家迄今为止始终如一的做法，大家异口同声地说着：样子挺难看，不过真好吃呀。也同往常一样，我们随后再拌入弄得黏糊糊的土豆泥，饱餐了一顿。

　　后来，我把那个事件的大致经过说了一遍。被他们问了一堆问题，什么那个公司真的安全吗，是不是辞职比较好之类的。

　　我跟他们说明，要是那种事经常发生的话，公司早就垮了，所以绝对没问题的，我想继续工作。在作家先生家里号啕大闹的事，我当然只字未提。

接下来他们又问了我很多关于阿佑的事，要不要举行结婚典礼啦，打算什么时候举行啦，要不要孩子啦，等等。

我说，还没有具体考虑到这些，但邀请公司的同事很麻烦，所以只想宴请一下亲戚，之后再办理户籍手续。还说我跟阿佑的母亲已经见过好几次面了，她跟再婚的丈夫看上去关系很好。最后又说道，邀请那两位，还有爷爷奶奶，就我们几个一起去饭店吃顿饭吧，就这样无形当中得出了结论。

奶奶说，这一天终于快到了，好兴奋啊。

但是，没有任何一个人，提到我的亲生母亲。无论是爷爷还是奶奶，都确确实实地带有一种断然无视的姿态。

对了，这两位，是我幼年就已去世的父亲的父母。

相隔这么久，我又躺在了老家自己的房间里自己的床上。

　　当年喜欢的约翰·列侬的海报还完好地贴在墙上，已经被太阳晒得有些泛白了。初中时给我买的书桌仍然原封未动地放着，怀念之情使我的心怦怦直跳。

　　我穿上洗得干干净净又叠得整整齐齐的睡衣，肚子饱饱的，忘记了长久以来身体的虚弱。

　　忽然间我想："要不，还是像笹本先生建议的那样，利用积累下来的带薪假期，稍微休息一段吧？"即使把几年之内应该可以成行的蜜月旅行时间预留出来，估计也还能休将近一个月。

　　可笑的是，正因为我的身体状况多少有了些好转，这才迷迷糊糊地认识到自己以前究竟有多么虚弱，竟然还不顾身体去上班。

　　如果不固执己见，跟笹本先生好好商量的话，他也许不会反对，再说现在也不是工作特别紧张的时期，说不定就真的准我的假了，我喜不自禁地这么想。

那么，我就可以想睡就睡，想起就起，偶尔为阿佑做一顿他爱吃的真正手工制作的意大利面，过一段悠闲安逸的日子，这不是挺好吗？遭遇了那么罕见的事，这点儿请求也是可以的吧。说不定，我不这么做，周围的人才反而觉得奇怪呢。

大概我自认为已经彻底康复了，但像那样又哭又嚷本身就是问题。虽然幸运的是那种情况就那样了结了，但要是对方为人不善的话，最后我真的就会被解雇。或许无论多么小心谨慎都不为过吧。

久违的归省，使我的心情渐渐地放松了。我甚至感到，时至今日怎么就始终没有意识到这些呢。

我忽然想起书上这么写过："遭受虐待的孩子，能够把自己身体的痛苦与心灵分离开。"

自己对于自身的虚弱都不清楚，明明肝脏功能尚未恢复，确实无能为力，但却对自己的虚弱抱有一种罪恶感，这就是书上写的那种情况吧，一想到这里，心里不禁突然一沉。

我是父亲唯一的孩子，在我四岁的时候，父亲突发心脏病去世了。他在爷爷经营的公司担任要职，据说那段时期异常繁忙。

我的生母比父亲小二十岁，是个千金小姐，好像既没做过什么家务，也没有离开娘家生活过。听说因为怀上了我才得到允许结的婚，可是直到生下我之后，她都不能很好地适应母亲的角色。无论什么时候，她看上去总像是在抱着别人的孩子。

当然，这些都是从祖父母那里听到的情况，想必带有不少偏见。

父亲对孩子气十足的母亲一见倾心，而爷爷奶奶对父亲这种轻率的婚姻观毫不信任，所以他们本来就反对这桩婚事，后来就一直打定主意要收养我。

然而，不可思议的是，我并没有留下什么悲伤的记忆。

记忆当中，有印象看到过父亲去世后母亲在哭泣，我也跟着一起哭。另外还有她温柔地把我抱起来，以及她贴着我的脸和拉着我的手睡觉的情形。母亲皮肤白净，声音响亮，体形丰满，腰部略微有点胖。

我记得她为我唱儿歌，还记得我们跟着电视里的音乐节目一起边唱边跳。

所以，丝毫没有不好的印象。为什么呢？

但是，据说实际情况并非如此。

究竟什么是真的，我无从知晓。究竟有多少是真正发生过的，有多少是我自己的臆想，实际上我也完全不清楚。

唯一清楚的事实只有一个。我上幼儿园的时候，身上总是有青紫或者烫伤，所以被作为重点保护对象来监护。

有一次严重到我出现了骨折的情况，在医院里母亲非常担心地哭着，然后就当场被逮捕了。

出院之后，我很快就被爷爷奶奶收养了。

母亲在父亲去世后失去了新的保护者，按理说应该带着我回自己的娘家。但是母亲的妹妹恰好在那段时间结婚搬回了娘家住，母亲与妹妹的关系不太好，便不合时宜地赌气不回，可是又没有自信能够独立把我抚养好，她的精神被逼入了极不稳定的状态。

据说在那之后，因为被裁定住院等种种情况，母亲就永远从我的人生中消失了。虽然我想，她可能还健在，也许住在娘家，或者再婚后住在别的地方，但是爷爷奶奶都极度气愤，绝不肯原谅母亲。我也不得不跟母亲断绝来往，当作世上不曾有过此人。

作为我，要回报两位老人盲目而深挚的爱，就只能顺从他们的意志。

即便如此，我至今还依稀记得小时候跟亲生父母住在一起时其乐融融的家庭氛围。墙壁雪白，花瓶里总是插着鲜花，有大大的皮革沙发，窗帘是蓝色的。

我经常想，至少应该记得自己曾经有过惨痛的经历吧。要是那样，自己就能够去恨、去怨了。

对于骨折疼痛的记忆非常清晰。我因为玩儿什么嬉闹过分而呕吐，然后就感到了疼痛，之后的印象就是，母亲一边道歉一边哭泣的样子、她身上酸酸的汗味儿、我被紧紧抱住的感觉、救护车的声音，还有被很多大人问这问那，就只记得这些。

仅凭这些就要自觉地去恨一个人，恐怕很难做到吧。

我刚迷迷糊糊地要睡着，手机响了。

"睡了？"

接通电话，听到了阿佑的声音。

"嗯，年纪大的人睡得早，我也就跟着睡了。"

"抱歉抱歉，现在，我刚回到饭店。怎么样？在老家。"

"唉，好像又变回小孩子了。喜欢吃的东西太多了，说不定长胖了呢。"我继续说，"阿佑，现在，说话方便吗？"

"方便啊。不过只穿了一条内裤，一边换衣服一边打电话呢。"

"嗯，别着凉哦。我呢，其实身体好像还没完全恢复。"

我说。因为在作家先生家里发生的是工作上的事，也是自己的责任，所以我就没有提。

"上司跟我说，可以稍微休息一段时间。所以，我现在在考虑，是不是就请一段时间假呢。"

"那样也挺好呀。要是可能的话还是请假吧。其实，那之后立刻就回去上班，看上去就是有点儿逞强。如果想要一直工作下去的话，能休息的时候就得休息，这也是工作的一部分啊。"

"虽然时间稍微错后了一点儿，不过我是好不容易才有余力考虑这么做的。"

"说的是啊，出事以来，你看起来一直很虚弱，虚弱的时候，也没有力气正儿八经地考虑问题呀。"他说道，"所以，要说顺便也许有点儿那个，不过就利用这个难得的假期结婚，或者去蜜月旅行怎么样？虽然稍微提前了点儿。"

"哎？可是不是说好了先同居一年试试的吗？阿佑你不是也同意了吗？"

我吃惊地说。

这时候我惊讶地发现了自己固执的个性。一旦要改变自己已经决定的事情，我就会顽固地反对。而且，对于我这种过分的固执，周围的人也无意指责。

一股柔和的微波在我心头荡漾开来，几乎与此同时，阿佑说："你呀，差点儿就没命了。"

阿佑有点儿惊愕。

"都发生这种事情了，还有什么必要坚守风平浪静时候的决定呢？为什么那么固执呢？"

"你说的也是啊。"

我十分坦诚地说。

"你把自己当成了局外人，站得远远的想得太多了。"阿佑说，"反正都要申请带薪休假，一来发生了那件事想让身体得到休息，同时也打算结婚，这么说不是更容易准假吗。然后，咱们一起去夏威夷吧。"

"热海也行啊。"

"这个再考虑吧。我这边，如果两个星期左右的话什么时候都可以请假，要是不举行仪式，可以只在假日办个宴席。反正，这些具体的事情等我回去以后再商量吧。"

听筒里传来阿佑窸窸窣窣换衣服的声音。

眼前浮现出，在单人房间里，半裸着身体谈论结婚话题的阿佑的样子。

"嗯，知道了，谢谢，晚安。"

"晚安。"

我想，过于慎重、固执己见、无法让人们充分了解自己、对幸福无比恐惧，这些是不是因为儿时记忆模糊而造成的？

可是，我几乎没见过能对三四岁的事情记得清清楚楚的人。

虽然与亲生母亲断绝关系确实是件令人伤心的

事，但肯定有重大的理由。再说，对方也并未跟我联系，她应该过上自己的新生活了吧。我觉得只要她的生活是快乐的，那就挺好。

即使说到结婚，我非常清楚爷爷奶奶绝对不愿意让母亲知道，再说她也已经不存在于我的人生中了。

就这样，我一直认为，只要此时此刻是美好的就足够了。所以，现在我也一如既往地想，这样就很好。

命运对我有很大的亏欠，因此我一直觉得，从今往后只要过上幸福平凡的生活就足够了。我甚至觉得，自己有这种权利。

但是，嗨，拥有这样一个即使出差也打电话过来的认真负责的恋人，而且还给我一些非常正确的建议，我不由得想，自己是否值得让他如此眷顾。自己无论多忙也要配合阿佑的睡眠时间，这种事情是毋庸置疑的。

有时我会想，这，仍然与母亲的事情有关

系吧。

就连我自己也一筹莫展。

所以，我偶尔会内心苦闷，或许还会无地自容。我的行为，好像连自己也不太明白。

要是万一，我出乎意料地再次爆发，那该如何是好？要是像山添那样潜藏着毁灭的愿望该怎么办？要是有了孩子却对他施以暴力又怎么办？要是再像上次那样无法控制自己呢？要是对阿佑有过分的言行呢？

关于休假、结婚以及人生等问题，我思来想去。照这样的话开着灯我就会睡着的，还是好好关了灯睡吧，想到这里，我的思绪已经彻底离开了自己生母的事情。于是，我站起身，关了电灯。

自己的房间很久没有人住，积了些灰尘，使我的嗓子有点儿疼，所以我打开窗户换换空气。新鲜的空气一下子充满了房间，我从幽暗的窗户向外仰望，空中群星闪烁。我不禁感叹，哇，真美！肺里饱满地吸入新鲜的空气，体内便有了一种清凉而神圣的感觉。

我觉得，自己差点儿陷入不安的思虑，一定是因为屋里的空气不好。

淤积在肝脏里的，或许是以前就沉睡在我体内的毒素，以及被公司开除的山添投下的毒。这个世界上有无数此类可悲的故事。在某种机缘下，他与我不可思议地发生了联系，某种东西遂以毒素的形式在身体里循环往复，而精神也随之日渐萎靡。

但即使在这种状况下，我也是幸运的，我内心充满了小小的幸福。

等修养身心、恢复健康之后，负面的想法一定会消失，有如这空气般新鲜的血液会在体内循环，我无疑将成为一个比以往更加健全的自己。如果连陈年的毒素也随着一并排除掉就好了。无论何时开始都可以。

于是，我心满意足地关上窗户，用温暖的棉被紧紧裹住身体，睡着了。

随后，我做了一个不可思议的梦。

我在那个虚幻之家的起居室里，那是我很小的时候住过的家。

"我、我的生身父亲和母亲"坐在白色的桌子旁边吃晚饭。电视里播放着内容丰富的傍晚特辑新闻节目。

父亲的面容虽然看不清楚，但他已经把西装换成了舒服的居家服，一副悠闲自得的样子。他在那儿，确实给人一种坚定、可靠而又充满爱意的感觉。

我端端正正地坐在自己的小椅子里，用自己的小勺吃着碗里的饭。那是有大象图案的、十分可爱的儿童碗。

父亲和母亲亲热地聊着什么。我一会儿看看电视，一会儿又看看他们俩，不声不响地吃着饭。

米饭里混有少许其他种类的、带颜色的米。是叫作黑米的东西。梦中的母亲是那种非常注意健康的人，做饭时总是加入各种不同的米。

我和母亲几乎是同时发现的。

饭里的黑米长着脚。

"怎么回事？你在吃什么呀？我今天，只煮了白米啊！"母亲吃惊地说，"那是虫子，不能吃！快吐出来！"

母亲伸出手掌，我脊背一阵发凉，慌忙把饭吐在了母亲手上。接着，我把饭碗啪的一声扔出去，跳到了母亲腿上。

"妈——妈！妈妈，妈妈！"

我抱住母亲，双手紧紧地搂着她的脖颈。

母亲对我吐在她手上那带有虫子的、被我嚼得稀烂的米饭毫不在意，用抹布把它擦掉，然后紧紧抱着我。

"对不起啊，我完全没注意到里面有虫子。"母亲温柔地说，"对不起，吓坏了吧。都是妈妈不好。"

父亲面带微笑看着我们。

"喂，你把虫子先生吃掉啦。"他说，"虽然这么说不太好，可是发生这种事，实在是杰作啊!"

"你可能也吃了呢。"

"不是煮过了吗，没事儿。"

"真讨厌。"

"你呀，再不会做家务，煮饭，倒是好好用新米煮呀。这是陈米吧?"

"真对不起啊，确实是我搞砸了，好了好了。以后绝不会再出这种事儿了，放心吧。虽然出了这种事儿，妈妈可一点儿也没有讨厌你呀。只不过，因为不会做饭，失败了而已。我最亲爱的小不点儿，对不起哦。"

母亲说道。

于是我破涕为笑，虽然觉得喉咙很不舒服，可是母亲的双腿和脖子非常温暖，我就一直这样坐在母亲的腿上让她紧紧地抱着。

醒来的瞬间，还真真切切地保留着缠绕在母亲脖颈上的手臂的触感以及贴在一起的胸口的触感。那触感令人无比眷恋，我哭起来，有生以来从未如此哭过。我在老家的房子里，在爷爷奶奶卧室的隔壁，纵情哭泣。

就连失恋的时候，也不曾如此哭过。当然在作家先生家里，也没有像这样毫无顾忌、无休无止地哭泣。

我知道那仅仅是一场梦，梦中的情景混合了现在发生的各种事情，当然那并非现实。

但是，我一直哭着，哭着。

遭受虐待，被母亲抛弃，可怜的我是否引人心酸？对这一切毫不在意，坚持自己的人生，活到今天的我是否令人生怜？

毫无疑问这些情形肯定有过。

但是，那个梦仿佛是抹去一切的一场梦。那个梦删除了我真正的记忆，删除了我孩提时代模糊不清但一定确曾经历过的可怕回忆，那个梦甜美而亲切，带着真实的感觉。我感到梦中的家庭氛围似乎幻化成一个无与伦比的、温暖、柔和、幸福的光团，充满了周围。

实际上，父亲并不愿意抛下家人撒手人寰，实际上即便是母亲，也不愿意对我有任何伤害。实际上我自己，也希望全家人永远生活在一起。

我们三人那永远无法成为现实的爱之城堡的景象，全部，全部融入了那个小小的梦境之中。

恰如果实在秋季成熟，我真正的愿望在那梦境中显现了。

没关系，这三个人将永远活在那个梦里。

这一点，如同我的真实人生一样确切无疑。

我泣涕涟涟地这么想。千真万确是这么想的。

那流淌不止的滚烫的泪水，冲刷了我体内的毒素，现在我真正的人生可以拉开序幕了……我有这种感觉。

即使那是谎言，是幻象，我也依然有这种感觉。

很快，奶奶就会起床，接着就会飘来酱汤的香味。爷爷会开始晨练。在那之前我再小睡一会儿，然后在清晨的阳光中醒来吧，由于遭到投毒，仿佛迄今为止体内的所有毒素都集中起来一起浮出，并且随着那泪水一同排除殆尽，我红肿着双眼，再次安然入睡。

从那以后我彻底恢复了。

从长远来看，未来尚不明朗，人生也未必一帆风顺，因此什么时候自己心中会再次出现那种动摇，也未可知。如果哪天身体再次变糟的话，或许情绪还会不正常。但即便如此，这种不安并没有对我产生影响，日子静静地过去。

我在一个月后获准休假，同现有的家人举办了一次气氛祥和的宴席，翌日清晨与阿佑一起去区政府办理了结婚登记。

之后我们去夏威夷度蜜月，回来时皮肤晒得黝黑，精神焕发，长胖了两公斤，我给光子带了礼物，跟她一起去员工餐厅吃了午餐。

我彻底回到了工作岗位，经常被同事们开玩

笑："因为差点死掉，所以感情升温，就当了新娘子啦，因祸得福啊。"就这样，日子繁忙而充实。

我常想，为什么会发生那件事呢？

如今回想起来，那天的事全都发生在转瞬之间，总觉得无论怎样都不可能阻止。

我感到，事情的经过如魔法般在不知不觉中向前演进。因此，事后回首，究竟是严重的灾难还是并非如此，永远也无从知晓，就像一场奇异的梦。

我当然后悔。

那个时候，如果我稍微留意一点儿；那个时候，如果我点了其他的饭菜，如果我再晚五分钟去餐厅，就什么都不会发生。只会继续一如既往地生活。

我从未想到，风平浪静的日子即便再平淡无奇也是如此美好。人在绝大部分灾难面前都会这么想。

由于这次经历，我才切身体会到，身体状况半好不差是一件多么糟糕的事情。就像持续低烧的感冒那样，既不是一病不起，也并非无法工作，还能笑能哭，但就是持续虚弱无力，头脑如麻痹般昏沉。所以，完全无法思考该做什么，该如何做等等。我明白了唯一能做的只有忍耐，直到头脑清醒。

不管怎样，我这个人的本性，就是不常回首过去，也不喜欢对未来做种种设想。因此，我绝没有想到，在自己心中，竟然潜藏着如沼泽般淤积着的寂寥阴湿的东西，在一个突如其来的机缘下，便有极少的一部分浮出了表面。

那些日子，那场幻梦，暴露并且改变了我内心的某些东西。

就像被人饲养的小鸟无意间飞出了笼子，以那次事件为契机，那段时间我不知不觉地来到了自己所了解的世界之外。

外面一片昏暗，狂风劲吹，星光闪烁。

我这只人生牢笼中的小鸟，终将在某个时刻回来，只有短短的一瞬去看看外面的世界，对我来说，这究竟是不是好事？直到现在，我还时常这样想。

而且，不知为何答案始终相同。

"真是太好了。"传来一个柔和的声音。

说不清从何处传来，反反复复，犹如摇篮曲，犹如在肯定我依然活着。那声音听起来，就像早春时节花草树木一齐萌芽，一切都变成嫩绿的时候那样，充满活力而又温婉柔和。

于是我微微闭上眼睛，在不可思议的时空推演中，肯定了从外面看到的自己的世界。然后，为不知何时离别的人们奉上我的祈祷。

也许，其实原本能够与那些人以另一种形式一起生活，却不知为何无法圆满实现。其中可能包括我的亲生父母、昔日的恋人、分手的朋友，说不定，也包括与山添的缘分。

在这个世界里，由于我们是以那种方式相见，所以我与那些人才无论如何都无法和谐相处。

但是毫无疑问，在某个遥远而深邃的世界里，应该是在美丽的水边，我们将相对微笑，彼此亲近，共度美好的时光，我是这么想的。

一点儿也不温暖

这五年左右，我一直以写小说为生，因此总是试图观察事物内部极深极深的地方。

试图探究事物的最深处，与试图以自己的理解来看待事物完全不同。尽管自己的理解、好恶和感想等等不断涌出，但要力求避免停滞于此，并且一直不停地深入下去。

如此一来，总有一天能够抵达最后的风景。那再也不可动摇的、事物最后的风景。

一旦抵达那里，空气已然澄静，一切都变得透明，心情会不知不觉地开始不安起来，而感想却意外地难以浮现。

虽然强烈地感到形单影只，但唯一清楚的是，在某时某处也有人会以同样的心情看到同样的风景，因此也就隐约感到似乎并没有那么形单影只。

但是，我完全不懂这究竟是好是坏。我只是一味地去看。并且一味地感受。

我出生在一个依山傍水的城镇，是家里的长女。没有兄弟姐妹。我是独生女。

父亲把祖父遗留的土地卖掉一半，用这笔资金开了一家书店，母亲在店里帮忙。父亲喜欢阅读，对书籍非常了解，搜罗了足以满足书迷兴趣的各种图书，尽管一半是出于兴趣，但书店总是顾客盈门。

我们就住在书店的二楼，所以我自幼就是在书籍的气息中长大的。在因拥有大量纸张而特有的干燥气息，以及能将声音吸附掉的特殊的安静环境中。

由于我的身体并不强壮，也不太喜欢去外面跟周围的小朋友玩儿，所以少女时代，我经常从店里悄悄借来各种图书在自己的房间里翻阅。

从窗口可以看到河流。

河流真是不可思议，任何时候都潜藏着令人毛骨悚然的恐怖气息。晴日里河水哗哗地流淌，阳光照耀在河畔，使各种植物更加绿意盎然，但是，不知为何我总觉得它与漆黑幽深、令人不寒而栗的事物相连。

尽管如此，每当我偶尔去旅行看到其他城市时，总是对没有河流的景色感到兴味索然。

也许是因为自己生性文静，所以喜欢看变化的东西。

成年之后我曾到巴黎去学了几年法语。一来是因为我喜欢上了法国文学，无论如何也想阅读原作；二来是，如果喜欢法国文学却没有去过巴黎，简直就像经营意大利餐厅却没去过意大利（这种情况相当多），总觉得是令人难堪的事情。

那时候，我明白了自己究竟多么容易亲近有河流的城镇。

而且，我也明白了坐在咖啡厅里观察过往的人们，与注视河水的流动是完全一样的。

而这，必须是在有悠久历史的城市里。

建筑物的颜色和形状古老、厚重而又令人生畏，现代的人们从这些建筑前边穿梭而过，那种景象恰如河流。

于是，我明白了。

河流的恐怖，正是时间之流的不可估量和令人忧惧。

同样的，我也曾一直思考关于灯火的问题。

因为比较闲暇，所以我会一直思考或者怀疑同一件事。在日本极少有这样的人，所以我毫无立足之地，但是留学之后一看，才知道这样的人很多。如果并不把自己的独特趣味和强迫观念视为不吉，而是反复思考下去的话，就会越来越轻松自如，于是我便不再为自己进行这类几乎无用的思考而感到羞耻。

这样一来，世界突然变得开阔了，变成了粉红色。

我平时所处的世界是粉红色的，拥有广阔的空间和深度，以及可以尽情呼吸的空气，纷繁的事物以令人目眩的势头时而展开时而关闭。

与他人交往时世界会略微变得狭小，但是只要马上返回自己的世界就好了，所以并不会感到痛苦。

就这样，我成了一名小说家，终于找到了自己的立足之地。

在小时候读过的图画书中，远方的灯火永远是温暖的象征。

比如，在山间迷路时发现的灯火，独自漂泊时突然被别人家里的人声与灯火唤起了乡愁，等等，诸如此类。

当然也有很多故事在灯火出现之后急转直下，

发生了种种可怕的事件。但是，看到灯火时的心情是有普遍性的。灯火是世界共通的、永恒的温暖。

关于灯火，我有着复杂的回忆。

小时候，我只有一个朋友。因为是个男孩儿，所以或许也可以说是我的初恋。

他叫小诚，非常安静，举止沉稳，身体羸弱，是一家老字号日本点心店的少爷。但是他有一个年长十二岁、生性活泼而且才华横溢的姐姐，姐姐已经表示非常喜欢日本点心并且打定主意要继承家业，所以小诚在家里像是多余的，仅仅被看作可爱的老幺而备受呵护，这更加助长了他柔弱、可爱的性格。

我不太了解详情，但据说小诚其实是老板的情人所生，因为考虑到是男孩子不宜流落在外，所以就花钱把他领养过来了。

不管怎么看小诚都是容易遭人嫌弃的孩子，但无论小诚的父亲还是母亲，人品都很好，所以一点儿也没有歧视他。小诚跟兄弟姐妹们受到同样的宠爱，他好像全家的宠物一样温暖着家人的心，让大家凝聚在一起。

我觉得这终究还是因为，小诚是个非常好的孩子。

所有的人都被他那天使般的模样，以及一贯温和的性格所打动。

比如，用人啪啪地打蟑螂时，小诚就眼泪汪汪、目不转睛地盯着看。然后说出一些很了不起的看法："刚才，我觉得我的生命在这儿跟蟑螂的生命交换了。"

他母亲经常对我妈妈说："那孩子天生就有慧根，要是出家修行的话，身体也会健壮起来，说不定还能意外地成为一位高僧，到了合适的年龄如果他本人不反对的话，想送他去寺庙里试试呢。"

在庭院帮着除草的时候，小诚也总是小心翼翼地把草连根拔起来。所以，只要是小诚打理过的地方，总是显得神圣而清爽，漂浮着一种仿佛清风拂过、浑然天成的气氛。因为只有那块地方变得优美迷人而又富于天人合一的韵味。

我们共度时光的方式，以及我们友情的全部，就是我从家里拿上各种漫画和书籍去小诚家玩儿。

再有就是，有时候我们手拉着手在河边散步。既不吵架打架，也没有一起唱歌。就是纯粹的散步而已。

小诚汗津津的手，在我的手里总是小小的、软软的、滑滑的。

不知怎的我总有一种"一定得好好保护他"的想法。

"光代，我能从你身体里看见一个圆圆的、漂亮的，可是很寂寞的东西。像萤火虫似的。"

小诚曾经这么对我说。

"一直都有吗？"

我问。

"不是，只有安静的时候才能看见。我很喜欢看呢。"

我稍微有些失落，怎么不是说我长得可爱呢，不过对我来说，这句话依然像爱的告白一样令我欢喜。

小诚那两道超乎想象的浓眉，经常形成一条漂亮的直线，然后他用一双水灵灵的、清澈的大眼睛出神地看着我。我之所以喜欢小诚那句话，是因为我知道他是在看如同我的灵魂之光那样的东西。

这样一来，我便有了一种仿佛得到保护一般的感觉，似乎与种种忧虑完全隔离开来，比如担心遭到拐骗啦，没完成作业啦，还有那段时间父母关系有点儿紧张，要是离了婚该怎么办啦，等等。

我被强烈而明亮的粉红色光亮守护着。

直到很久以后我才发觉，那真的是我自身的光亮，小诚喜爱那光亮，并且一直为我守护着。

从小诚家门前经过的时候，只要那高大宅邸的一扇扇窗户都亮着灯，我就会感到安心。

在那里有一个古老的、坚实稳固、绵延不断的家族。即使家庭成员改变了，也总有持续不变的东西。

那个家族拥有众多忙碌的糕点师，每逢茶会或国家节庆，永远是忙得不可开交，虽然父亲偶尔出轨生下了小诚，但那个家族存在着一种完全包容和消解这一切的巨大力量。有祖父母，有父母亲，还有孩子们。在那些灯火中，那个家族无论怎样都会一直延续下去。

我有这样的感觉。

我家只有父母和我三人，而且父母都是从外地移居过来的，周围也没有亲戚。因此，我认为那种如同有机整体般的家族结构——仿佛只要有某处凸起就一定会有某处凹陷，是非常坚实可靠的。

有时书店关门后，三人坐在桌边吃饭时，我就为家里人数之少而感到惶恐。这个家万一父亲得了癌症怎么办？万一母亲过度劳累病倒了怎么办？要是那样，眼前的幸福……电视的声音、餐具的声音以及沉默中偶尔交谈的声音，就将全部消失。我感到这一切随时都可能发生，太容易发生。

在小诚家，他曾祖父去世的时候，人口依然很多。即使小诚的父母在外忙碌未归，用人也会点亮灯火，准备饭食。

可是，在我家，只有三个人。太容易一蹶不振。我是这么想的。

不过，小诚似乎并不这么认为。

"今天我去你家玩儿吧。"

每当听到他在电话里这么说，我就会说："为什么？明明你家又宽敞又有高级点心吃啊？"

然后小诚就回答："因为只要在光代家，就总觉得安心呀。"

我小时候常想，整个下午都待在我家，在我那间又窄又脏的房间里看书，吃我妈妈做的又硬又难吃的点心，有什么安心的啊？

对于年幼而又不知人间疾苦的我来说，还不具有理解小诚家复杂状况的能力。

因为有钱就冷漠无情，徒有其表，见钱眼开……这种常见的模式完全不适用于小诚家。假如他家真是那样，直觉还算不错的我也许能够了解。而小诚家却充分地保留着那种大家族所拥有的情感深厚的优点。

话虽如此，小诚家也确确实实存在着一种微妙的阴影，那是商贾之家的复杂性酝酿出来的。

而我家成员简单，生计也简单。这种感觉对于小诚来说，是何等的切实可靠，如今回想起来，有时竟禁不住怆然欲泣。

偶尔，在晴天的傍晚，当金星开始在空中闪烁的时刻，我看着家家户户的灯火，想起小诚说过的话，就会簌簌落泪。

"每到傍晚，我走下你家楼梯回家的时候，你爸爸总是在书店里，还有几个客人，能闻到书的香味儿，这些从来都没变过吧。还有，黄色的灯光映在厨房的窗户上，能听见你妈妈准备晚饭的声音。我很喜欢在回去的时候看到这些啊。”

最后那个晚上，小诚不愿意回家。

因为他实在太不愿意回家，所以我妈妈只好给他家打电话说："就让他住在这儿吧。"对于总是按时回家的小诚来说，这种情况很不寻常。

我爸爸出版过好几本关于古籍的书，偶尔还去大学做讲座，小诚家的人或许是因为这个才不顾他家的某种"社交规则"，一直对我家很好。

但是那天，他们说次日一早家里有聚会，有很多亲戚要来，所以让小诚务必回家早些睡觉。他们让他家的一个保姆过来接小诚。

保姆到来之前的那几十分钟有多么凝重，我真难以用语言来形容。

小诚把脸埋在我的臂弯里。书仍然在他膝头摊开着，他一直静静地，埋着头。他并没有哭，而是有点儿像小狗把身体凑过来似的，紧紧地贴着我。

略带湿气的鼻息，暖暖地濡湿了我的上衣。

"不想回家，我害怕。"

小诚说。

我轻轻抚摸着小诚细细的头发，反复地说，没关系的，却依然清晰地感到，空气沉重地压了过来。仿佛有不祥的苗头在窗口窥视。这个世界的光亮、蜻蜓翅膀的透明感、日本点心所展现的优美四季、河畔樱花明朗的粉色、即将享用美味时的心情、旅行之前的兴奋等等，我渐渐感到，所有这一切都与小诚和我隔绝了，这个夜晚注定不会有黎明。

"什么时候咱们结婚吧，那样你就可以不回去了。"

我从那时就觉得结婚是一件带有决定性的事情，所以关系不太融洽的父母才会这么苦恼，所以小诚的父亲即使有了外遇也不离婚，整个家族还照常生活。因为我已经看到了这些，所以才作为这世上的一种好事，以及跟小诚联系在一起的法宝，说出了这句话。

小诚微微笑了笑，有点儿难为情地说："要是那样的话一定很开心啊。我们就可以一直在一起，一边看书一边吃零食。就像哆啦Ａ梦和大雄一样。"

"那不是男孩子之间的故事吗?"

我说。自己的浪漫情绪被泼了冷水，心里有些不满。不过，小诚却丝毫没觉得不好，陶醉地说："可是，那就是我理想的样子啊。在隔扇前边，他们俩都躺在褥垫上，一起边吃铜锣烧边看漫画书，是这样吧?"

"那种铜锣烧就行啦? 对你来说。"

"是啊，馅儿里不用加丹波的栗子，表皮也不用那么讲究，普通的铜锣烧就行。"

小诚说道。

只有在那一时刻，小诚脸上才略微流露出一丝幸福。

恰如樱花的花蕾绽放一般，柔美，甘甜。

然而保姆终于还是来了，小诚非常失落，几乎要哭出来，然后就头也不回地踏上夜路回去了。

　　那寂寞的身影，仿佛每一步都十分沉重，脊背也无力地耷拉着。

　　而这，就是我最后见到的小诚。

　　夜晚，从我家二楼的窗户可以隐约看到，在庭院巨大树木背后的小诚家那高大的宅邸。

　　看到那灯火，我就会不知不觉地安然入睡。那里住着那一家人，他们拥有坚实稳固的生活，衣食无忧，这种生活长久地延续着。仿佛连我也因那种景象而得到了守护。

　　但是，那一天，尽管他家的灯火一如往日的明亮，但不知为何却无法令我像往常一样安心。如同黄昏时分小诚的模样，幽暗、孤寂，那灯火的亮光空洞地映照在庭院的树木上。

　　究竟是为什么呢？我想着想着，睡着了。但是，夜里醒来了好几次，而且一直有黎明不会到来的感觉。远处，救护车的声音高高地在空中回荡。

翌日清晨，镇上出了大事。

小诚的亲生母亲突然出现，为把小诚带走大闹了一场，她刺伤了小诚的父亲，抱着小诚坐车离去，之后从悬崖跳了下去。小诚被强迫自杀，与亲生母亲一起离开了人世。

而小诚的父亲却得救了。

令我震惊的是，即便在小诚死后，同他曾祖父去世时完全一样，那家人的生活竟没有丝毫变化。

这种类似丑闻的事件当然引起了巨大的骚动，全日本的新闻里都播放了这件事。在报道中，小诚那可爱的模样唤起了人们的恻隐之心，那家人一时间成为日本最知名的家庭，而小诚的父亲也成了日本最可耻的父亲。

如此这般，那家人有段时间十分艰难，但是很快一切就都尘埃落定，他们照常经营日本点心店，生活依旧继续。

当然，那个家里所有人的脸上都永远刻下了这个事件的阴影。

小诚的父亲因为腹部被刺，所以有段时间只能像个老头儿一样向前弯着腰缓步行走，其他的家庭成员也是一见到我就会泪流不止。连保姆都是这样。小诚的母亲每次见到我总是说"让我抱一下"，然后就过来拥抱我，他的哥哥姐姐则变得沉默寡言。

即便如此，他家在镇上的高级日本点心店，却毫无阴影，一如既往。

我心想，啊，这就是历史悠久的老字号的意义啊。

不仅仅是可靠，也不仅仅是顽强。

他们恰似一直存在于那里的河流，吸纳掉所有的一切，如同任何事都没有发生过一样继续向前。

我呢，已经成人，在父母家附近成立了一个工作室，在那儿写小说。但仅靠写小说还难以为继，所以我偶尔也去一些文化学校之类的地方讲讲法国文学，或者开办写作补习班之类。我有个巴黎留学时的朋友，在同一个镇上开了家咖啡馆，他常邀请一起留学时认识的音乐家朋友来咖啡馆举办音乐会，我有时也去帮帮忙。

但是，我始终没有交到像小诚那样的朋友，即使偶尔与异性交往，也从未有过想要跟小诚结婚时的那种愁思。

有时我不禁会想，就像雪白漂亮的猫咪一样，像羽毛近乎透明的小鸟一样，过于纯粹的事物也许都是很短命的吧。

即使拥有那么高贵的精神品格，小诚也只是个孩子。他还没来得及长大成人，只说了句"不想回家"就离开了人世。这件事至今还留在我心底。

我想，如果将来有一天我再对某个人喜欢到了可以结婚的程度，那么我就给我们的孩子取名为诚。

父母仍然在经营书店，爸爸干劲十足，店里差不多新旧书各半，既可以站在那儿看，也可以自助式地边喝茶边看。爸爸还很自豪地在那里摆上了我写的书，让我有些不好意思。妈妈身体依然硬朗，妈妈的妹妹离了婚回来帮着照看书店。

我完全没有想到，倒是我的家人和我家的书店更加一成不变，一直平稳地延续着。

时至今日，我依然偶尔从父母家的二楼向小诚家的窗口眺望。

眺望那同样被树木遮蔽的，同样形状的窗灯。

小诚的姐姐继承了家业，哥哥则负责会计和营销之类，他家的日本点心依然畅销，到现在还是镇上的著名特产。好像还有不少客人是远道前来购买呢。他的哥哥姐姐们也都有了孩子。想必他们之间也会有种种矛盾，但都被时间之流冲刷着，家族会毫无变化地一直延续下去。

其中那个业已消逝的小男孩儿的事也被彻底淹没了。

"小诚，为什么灯火给人温暖的感觉呢？晚上的灯火。"

那时候，像往常一样是个下午，我把头枕在小诚的膝上，然后这样问他。

小诚并没有嫌我的头沉，他把漫画书放在沙发背上，闭着嘴咀嚼我妈妈做的硬得几乎要崩掉牙齿的蛋糕。那闭嘴咀嚼的动静传到了他的膝盖，所以我的头也仿佛跟着摇晃起来。

"灯火一点儿也不温暖吧。我，是这么想的啦。"

小诚说。

透过窗户可以看见外面的河流与柳树，河对面的古老店铺灯火闪烁。

"是吗？可是书里都是这么说的，寂寞的人晚上看见窗户里的灯光就会心头一热，书里不是写了很多吗？而且现实生活中到了傍晚天黑的时候，回到家不是灯亮着就觉得安心吗？"我继续说着，"人嘛，说不清为什么，但就是觉得生活中的灯火是温暖的吧？"

小诚沉思了片刻，这样说道："不啊，我觉得，在灯火中的人，是他本身内在的光亮映照到了外面，所以才会让人觉得又明亮又温暖。因为，即使开着灯也还觉得寂寞，这种情况也很常见呀。"

"人是亮的?"

"是人的气氛在照着周围呢。肯定的。所以才会让人觉得羡慕，让人想要回家的吧。"

这么说来，像样板间那样的地方不管多么灯火通明，也不会让人有任何感觉呀，我就这么单纯地接受了他的看法。然后，我摸着小诚袜子上的松紧带，消磨无聊的时间。

无聊，永恒，对小诚来说，在这个世界上最幸福的、极其短暂的轻松时刻，他选择的伙伴……不是跟其他任何人，而是跟我在一起，对此，我至今依然感到无上荣幸。

小朋的幸福

有意无意地等待了五年之久的事情，如今，就要成为现实了。

因为心仪已久的那个人似乎开始关注自己了。

小朋努力地保持着平静。

不过，在内心深处，小朋并没有什么波动。

因为她只不过觉得：啊，真高兴啊，喜欢的那个人开始频繁地发来电子邮件了，也开始邀请自己吃饭了。

小朋喜欢的人，在另一楼层的公司工作。好像是出版旅游杂志的，不过小朋几乎没怎么去旅游过，杂志里净是些她不了解的事情，所以她对那份杂志也并不太关心。

小朋在一家小型设计公司当事务员兼做杂事，她只要坐在办公桌前就总是听收音机。有时听到情有独钟的歌曲，她会去附近的大音像商店买来 CD，在回家路上一边开车一边反复地听。然后，她会用那略带鼻音的高音跟着哼唱。哼着哼着，脑海里便浮现出各种各样的往事，于是她就会把车停在附近的河滩上，静静地听一会儿虫鸣。

像这样安静地独处，对小朋的内心来说，始终是一件极为重要的事。

小朋最近喜欢上的，是一首较早前流行的名为《帕夫》的恐龙歌。不论何时，小朋一听到这首歌，就会想到帕夫被杰克遗忘时的寂寞心情，不由得流泪。而且并不是只流一点儿眼泪，而是号啕大哭，因此平时她甚至都尽量不让自己想起那首歌曲。

对小朋来说，这种内心的波动和变化足以成为一种"旅行"，因此她并不需要真的去旅行。最多也就是接受朋友的邀请一起去温泉之类的地方，为罕见的景色感动一下。小朋迄今为止有过两个男朋友，但都因为她不爱出门而无法顺利相处。两位分手男友的共同感受是：小朋简直是个顽固坚持自己单调生活的女孩儿，而且根本无法了解她究竟在想什么。

一般来说，哪怕只有一次遭到强暴，也会对男性一直怀有戒备。

但小朋并非如此。

在十六岁的时候，一个比小朋年长的儿时伙伴约她出游，到河滩时车突然停下来，小朋被拉下车遭到了侵犯，而且那是小朋的第一次，可是不知为什么，小朋并不讨厌那片河滩。

比起那个记忆，印象更加深刻的，倒是河滩那随季节更迭的景色、吹拂而过的微风，以及常坐的古旧长椅那冰凉的感触。

当然，小朋对那个男的无比憎恶。

从他们一起吃饭的时候，小朋就很讨厌他的吃相。因为她觉得那种样子太不珍惜食物。对于喜欢细嚼慢咽的小朋来说，那种狼吞虎咽的样子令人害怕。

小朋跟已经过世的母亲曾经一起在庭院里种过一小块菜地，所以她养成了习惯，总是精心烹调鲜嫩的蔬菜，早中晚三餐都吃扁豆，连萝卜缨子和干瘪的土豆都舍不得扔掉。因此，她非常讨厌那个男的，但不知是一时糊涂，还是因为她本来就有点儿好奇，小朋最终还是跟着他去了。对于只有十六岁的小朋来说，跟男人单独相处很新鲜，而且她很想了解男孩子都在想些什么，尽管在某种意义上这有点儿无聊，却也十分有趣。另外，手的形状呀脖子的样子啦都不一样，这也很新鲜。所以就上了他的车。

男女之间的事，小朋在电影里看过，当然已经知道，但那次经历她既不觉得喜欢也不觉得有趣，只是感到恶心和屈辱。可是，是自己愿意去那个地方的，没办法，小朋静静地接受了。

小朋没有什么宗教信仰，但是在某种意义上却带有一种信仰极深的本性。那个时候，她只是在心里一个劲儿地想："连是否愿意都不互相确认一下，就干这种事。他这是变态使用自己的男性力量。对我干出这种事情，一定会遭到报应的。"这么想着，股间令人恶心地濡湿了。尽管这一想法并无恶意，却成了纯粹而有力的诅咒。

"祝你遇到意想不到的事。"离开时小朋用奇怪的声音冷冷地说。

那个男的在第二周遭遇交通事故，手脚的骨头都断了，睾丸也碎了一个，在医院里躺了大半年。

"一次换半年啊。"小朋又不可思议地接受了这个事实。

小朋究竟是为什么那么强烈地喜欢上了三泽，连她自己也不明白。

小朋经常在大楼下边的一个茶馆里碰见三泽。三泽大约四十岁左右，身材修长，已经谢顶得有点儿厉害，手指上的汗毛很浓。也就是说，外表根本就不英俊。但是，小朋的视线就是离不开他。因为只要一看见他，就会立刻感受到某种与他外表截然不同的清爽。

小朋的本性是无论做什么都要花费很长时间。

发展到与三泽见面时颔首致意，就足足花费了两年。

而且，在午休时间，三泽经常和女朋友一起吃午饭。

那种情景，令小朋十分痛心。因为看上去两人的关系十分亲密。三泽的女朋友虽然并不是非常漂亮，但是十分可爱，身材高挑，姿态优美，长长的睫毛，大大的眼睛，非常文静。两人虽然不常说话，但总是带着微笑。

"他们俩一定会结婚吧。真让人羡慕啊。"

小朋想。

只要那两人的关系还那么亲密，那么试图插入他们俩中间这种事就连想都不会想，这一点正是小朋个性中有意思的地方。

只不过，见面的次数太多了，所以不知从谁开始就点头打招呼了，这对小朋来说也是件高兴的事。

小朋非常讨厌夺取别人的东西，到了近乎洁癖的程度。

小朋的父亲爱上了别的女人，撇下小朋和她母亲，离家出走了。那个女人并不是很讨人喜欢的那种，她一开始是小朋父亲的秘书，因为这个身份经常亲热地出入小朋家。她对小朋很好，也经常给母亲帮忙。

但是，回想起来，父亲从事室内装饰方面的工作，总是忙得不可开交，晚上经常很晚回家，那人便在工作室的厨房给父亲做饭并跟他一起吃，听说她还为此去烹饪学校学习呢。每天晚上她都以商谈工作为由给家里打电话，父亲感冒休息时，她甚至拿着水果登门探视，母亲要带小朋回乡下外婆家小住之类的时候，父亲明明打算一起去的，但一定会突然有工作而取消计划。

"还真有人能为徒劳无功的事情努力啊。"

小朋的母亲笑着说，那时候她的地位还十分稳固。

后来，小朋的父亲在公司组织的滑雪旅行中摔成了骨折，住院期间，小朋和母亲慌忙赶到北海道的医院，看到那个秘书正把年轻的身体伏在父亲身上，呜呜咽咽地哭泣。她把父亲的手放在自己的脸颊上摩挲着。

"别哭得这么伤心，只不过是脚骨折了嘛。"

父亲露出痴迷的神情。

怎么回事？小朋心想。她和母亲呆立在那里，她们在去机场之前，跑了好几家商店，精心为父亲挑选他喜欢吃的东西，可是看上去似乎还不如那个女人担心，世上怎么竟会有这种事。否则的话，父亲怎么会看不透那个女人的伎俩呢。

刚才在医院一楼挂号处隔壁的餐厅里，小朋亲眼看见那个秘书抽着烟，一只手拿着蛋包饭吃，另一只手拿着手机兴高采烈地在跟什么人聊天。刚才与现在的气氛差异之大、转换之快，令小朋深感震惊。尽管如此，对于那个女人并不难过这一情况，却无处可说。不过，确切无疑的是，她给人的感觉多少有些下贱。

"真不好意思，忍不住哭了。我实在是太担心了，平静不下来。"

秘书说道。

"你对工作可真热心啊。"

小朋的母亲毫不客气地说。这样的母亲令小朋无比喜欢。这种无比喜欢的感觉涌上心头，小朋紧紧握了一下母亲的手。那个场面，小朋和母亲就像是两只走投无路的遇难小船。

"我一定要好好珍惜温暖的东西，一定要找一个能识破这种把戏的男人，绝对应该有这样的人。"

小朋想着，把那间病房里难堪至极的气氛铭刻在了心底。

小朋之所以喜欢上三泽，也许是因为听到了他跟女朋友的谈话。

"因为，临死的狗和公司比起来，当然是狗优先了，毕竟公司是跑不了的。只要平时好好努力工作，绝不会因为这种事就评价下滑。"

似乎是三泽为了照顾临终的爱犬而向公司请了两天假。

"嗯，确实是啊。"

女朋友静静地点着头。

"因为狮丸从我学生时代就来我家了。临终的时候不陪它的话会后悔一辈子的。"

三泽说。

小朋想，真是美好的一对儿啊。不过，与其羡慕他们，不如自己也找一个这样的人，小朋当时的想法仅此而已。

如果说遇到年轻的肉体投怀送抱就晕头转向是

男人本性的话，那么被强行拉入婚姻就是小朋父亲的弱点了。

小朋的母亲并没有马上答应离婚。说是等待三年看看，若到时候父亲还不回头就离婚。

等待期间秘书怀上了父亲的孩子。那无疑是她用尽浑身解数、绞尽脑汁才设法使父亲走火入魔的，是她费尽心机的设计。

"你这样做究竟是为了谁的人生呢？"

小朋最后一次与她见面时这么说。因为母亲说没有勇气去见她，所以小朋就替母亲去了。带着已经盖了章的离婚协议。

虽然小朋的朋友很少，但是她珍视的东西却有无数，比如一起工作的同事、自己的父母、以前喂养的鹦鹉、过去种植的绿萝、浪漫的爱情电影等等。对小朋来说，这些由她所珍爱的事物组成美丽的圆环围绕在自己周围，这就是她的人生。

"想要的东西无论如何都要努力得到，这就是我的生存方式，所以没办法啊。"

秘书说道。

啊，第一次说了实话。小朋想，要是始终都说实话，说不定我会喜欢上你呢。

肯定是腹中的胎儿让她变诚实了。这么一想，小朋就打算对父亲放手了。父亲早就想要远走高飞，而且对于本来就属于创造型特质的父亲来说，母亲也许过于成熟了，小朋想着想着甚至接受了现实。

有一段时间，小朋一看见电视广告里出现的北海道，就想要吐，而且真的吐过。因为，仅仅是想象那潮湿的、冰冻般的空气向自己的脸颊刺来，就会回想起那间病房里的气氛。在理应最有权利待的"自己的位置"居然待不下去，而且还无法离开，那种痛苦会渐渐从心底重新泛起。

三泽总是一个人在餐厅吃午饭，这个变化是从今年春天开始的。

小朋立刻就发现了异常。他面色晦暗，眼睛下面还出现了眼袋。而且很没有精神。

　　说不定机会来了，尽管小朋心里这么想，但是对一个失意的人，还是想给他留下安静的空间……这么一想，小朋就静静地保持着距离，观察着情况的发展。虽然并非不担心他在这期间被别人抢走，可是，因为三泽日益消瘦，小朋觉得现在还不行，要是做出过分的事，就如同给生病的小鸟硬塞进食物一样，所以她不动声色地关注着三泽。

　　并不是像老鹰瞄准猎物那样，而是如同守候花蕾绽放一般，小朋只是静悄悄地看着。

　　有一天，偶然发生了这件事。

　　餐厅里人很多，小朋、三泽与三泽的同事夫妇坐到了同一张餐桌边。

　　三泽对小朋说："抱歉，挤一挤。"小朋沉默着回以微笑。因为三泽的礼貌态度令人不由得想要微笑。

　　开始只是三泽与同事夫妇三个人聊天，小朋一边慢慢吃着肉松盖饭一边细细品味着幸福的感觉。不久，那对夫妇开始谈论旅行计划，三泽插不上话，第一次把目光定格在了小朋身上。

"您是做旅游方面的工作吧。"

小朋说。

三泽点了点头。小朋心里在想，连他手指上的汗毛、稍长的指甲也都喜欢，自己如此喜欢他的心情到底是怎么回事呢。

那就好像，喜欢小鸟的小朋就连鹦鹉的聒噪声音也觉得中听一样。

"请问，北海道有什么能让人不知不觉喜欢上的地方吗？"

小朋问。

"啊，那么跟我结婚，到我老家小樽来就行啦！是吧！"

三泽说着笑了。小朋的心脏差点儿蹦出来，可三泽却好像一点儿也没有不好意思，还是一直微笑着。

"我，就是小樽人。刚才是开玩笑，不过那儿真的有很多好地方。你不喜欢北海道吗?"

"是的。去过一次，那时的印象很糟糕。"

"是有这种情况。那么，你一定得改变那种印象啊。因为我太喜欢北海道啦。"

三泽笑了，那笑容给人的感觉很好。那是一种从心底里希望人们了解北海道好处的笑容。小朋把电子邮件地址告诉了三泽，于是他们开始了邮件往来。

两人初次一起吃饭，是在一家整洁的快餐店，离公司所在的大楼步行约十五分钟。

虽然三泽很忙，但还是把一大堆温泉资料啦，照片啦，他自己做的杂志过刊等等装在书包里给小朋带来了。

"只要稍微多走一点儿就有很多景色优美的旅店。跟男朋友一起去吗?"

三泽问。

"本来，是想跟妈妈一起去的。可是，前不久妈妈去世了，所以打算一个人去。这样的话，觉得好像妈妈也能喜欢上北海道，然后解脱成佛。"

小朋说道。

"你母亲，怎么去世的?"

"蛛网膜下腔出血。很突然。"

那天晚上，小朋赶到医院，孤独无助。她非常非常想把父亲找来。可是已经很久没和父亲见面了，现在小朋心里想要呼唤的父亲已经不复存在，她想呼唤的只是昔日那个慈祥的父亲。如今的父亲，正在跟新的家人看着电视度过轻松的时光，他只不过是别人家的成员。

乡下的外婆和姨妈赶到医院还需要很长时间，母亲在连续的发作中难以支撑，当小朋赶到医院时就已经停止了呼吸。因为是急救医院，周围的人都慌张忙乱。小朋看到有人被救护车送来，最终平安无事，在家人的陪伴下回去，不禁泪流满面。

因为她觉得，自己也应该能像那样跟母亲一起回家的。

　　然而，已经无力回天了，无可挽回了。只有接受现实，小朋无数次这样对自己说。在医院漆黑的院子里，她倚靠在树干上仰望天空。树枝与天空的幽暗重叠在一片漆黑中，那剪影恰似美丽的网状编织图案一般，在空中摇曳。树干是温暖的。

　　想起这些，小朋泫然欲泣。

　　"是吗……真苦了你了。"三泽说道，"我可以给你一些建议，让你有一次美好的旅行。再怎么说，我也有点儿类似旅行社的人。反正我们的旅游信息应该差不多一样。"

　　小朋点了点头。

　　三泽的双腿或许因为四处奔波搜集素材而强健有力，他的体力也足以背起沉重的公文包轻轻松松地走南闯北。

　　要是能跟你一起去北海道的话，绝对会爱上那里的，这句话已经到了嘴边，但小朋还是没能说出口。

她仅仅是想象着自己说出这句话，就已经从脸颊红到了脖颈。

现在，换一个完全不同的话题。

写下这些文字的并非小朋，而是一个窥见了小朋人生的小说家，但是这位小说家实际上也并非自己在写作这个故事，而是受到了某种巨大的力量——简便起见在此暂且称之为神灵——的召唤而写作的。

"为什么是我？为什么只有我身上发生这种事？"直到现在，世上仍有许多人发出这类似乎会让自己分裂的疑问。是的，神灵什么都不会为我们做。它既没能让小朋的父亲醒悟，也没有在小朋遭遇强暴时以霹雳等方式阻止，当小朋孤独无助地在医院院子里哭泣时，它仍然没有忽然现身搂住她的双肩。

三泽与小朋未必能够顺利发展，或许他们有可能一起去北海道，但三泽因看到小朋扁平的胸部和略黑的乳晕而大失所望也未可知，不过也说不定小朋身上那不明来由的感悟能力会吸引三泽。或者，两人都随时随地受到那份神秘力量的牵引，最终走向婚姻。即使结婚，小朋也未必能够幸福一生。三泽说不定什么时候也像小朋的父亲那样跟年轻的女人私奔。

无论怎样，神灵都会对我们袖手旁观。

然而，虽然它拥有的力量太过微弱而不足以称之为神灵，但是它的目光却始终注视着小朋。尽管既没有给予她热情，也没有给予泪水，更没有给予支持，而只是以透明的目光注视着小朋，目不转睛地注视着她孜孜不倦地积累人生中珍贵的东西。

它注视着因目睹父亲被秘书勾引而受到极大伤害的小朋在夜里无数次辗转反侧，注视着小朋内心的痛苦，注视着她蜷缩的背影。它注视着在儿时共同嬉戏的场所被童年伙伴的欲望摧残的小朋，注视着她感受那坚硬粗粝的地面，注视着她在那之后独自走在回家路上时茫然而悲伤的面容。

在母亲离世的时候，即使在那极度孤独的漆黑夜色中，小朋也被某些东西拥抱着。那是如天鹅绒般的夜空的光耀，是轻柔拂过的夜风的抚触，是星星的闪烁，是昆虫的低鸣。

小朋在心灵深处领悟了这些。因此，无论何时，小朋都不再孤身一人。

尽头的回忆

　　那天跟西山一起，在附近的小公园吃了盒饭。

　　开始好像是因为想要两人一起出去吃午饭吧，具体的我也记不清了。

　　我简单地用手洗完了衣服，正在二楼无所事事。因为已经没有可穿的衣服了，没办法才洗的。我把衣服晾在能晒到太阳的地方，长长地舒了一口气。好像就在那时候，西山在小店开门之前来做准备和进货，他从楼梯下边叫我："实美在吗？"

　　"在呀！"

　　"还没吃午饭吧？"

　　"嗯，还没呢。"

　　"我也没吃。一起出去吃吧？"

"好啊。"

其实我很胆小，在这条街上每次出门时总是畏首畏尾地想："会不会遇见那些人啊?"不过有西山在的话，我就觉得放心了，于是外出的愿望油然而生。

我披上外衣，也没化妆，穿上旅游鞋就出门了。

秋季的天空呈现出透明的颜色，纯净得仿佛要与景物融为一体，到处都是朦胧一片，丝毫没有鲜明的感觉，给我悬着的心带来了轻柔的抚慰。

走着走着，太阳就让身体惬意地暖和起来了。

这时节真是恰到好处。

"天气这么好，去公园吃吧?"

西山一时兴起，提议道。

于是我们就去公园前边的一家汉堡店买了各种各样的东西带出来，坐在草地上吃。有薯条啦，热狗啦，甜点啦，还有咖啡等等。多得几乎吃不完，包了一大包。我们分摊费用，两人都心情愉快地付了钱。

秋高气爽，阳光泛着金黄色。道路两旁的街树为留住夏日的余韵努力焕发着绿意，静静摇曳着。

"真舒服啊，就算在这么小的一片自然里，像这样坐在地上吃东西，也觉得很香啊！"

西山一脸幸福地说。

我非常喜欢西山那幸福的表情。他身上总是有某种特别的东西。虽然那无疑是与幸福相关的东西，但是我搜肠刮肚也难以用语言表达清楚。

"哎，对你来说，幸福是什么样的感觉？"

我问。

"什么呀，问这么难的问题？"

西山说。

"不是，我的意思是，说到幸福你会想到什么？"

我说道。

"实美你会想到什么？"

问别人的问题自己却回答不出来，这未免有些奇怪，我一边这么想一边等待着自己脑海中浮现出什么。

这期间，大概过了有五分钟吧。

两人都沉默不语，双腿向前伸着并排坐在草地上。偶尔吃一点薯条。

"我想到的是大雄和哆啦A梦。"

我说道。

"什么，那不是漫画故事吗?"

西山说。

"我有个小闹钟，上面就画着这个图案。在大雄房间的隔扇前边，两人一起看漫画。俩人都面带微笑。他们身边还扔着几本漫画书，大雄趴在对折的褥垫上，用胳膊肘撑着身体，哆啦A梦盘腿坐着，边看漫画边吃铜锣烧。他俩的那种关系啦，日本中产家庭的那种气氛啦，还有哆啦A梦在大雄家的寄宿生活啦，这些全都加起来，就是幸福吧，我一直是这么想的。"

我说道。

"那，咱们俩现在，不是跟他们完全一样吗？你正好也是寄宿在别人家。"西山说，"在晴朗温暖的天气，坐在草地上，吃着好吃的东西，亲亲热热，轻轻松松的。"

"对啊，所以也许现在就是幸福的。"

我说。

我一直不能摆脱被逼得走投无路的感觉。"就是现在，现在如果回避的话将来一定会悲伤"，这个想法对我穷追不舍，尽管如此，在这样的日子里，不知为何，我却恰恰因为这种想法而感到一种奇异的幸福。我自己已经感觉到了这一点。无论看什么都显得很悲哀，但是与前段时间那种仿佛半死不活的混沌岁月比起来，这贯穿着强烈悲伤的世界反而显得格外清爽。

"我呢……我，应该是自由的感觉吧。今后在不觉得有缺憾的时候，不论去哪儿，不论做什么都行。那种时候，就会从心底里涌起一股力量，好像什么地方都能去。并不是说真要去什么地方，而是涌起那种力量的感觉，那就是幸福。"

西山望着天空说道。

西山的身材线条流畅，有一种无形之中令人轻松愉快的特殊力量，我觉得，这些都来自他对自由的追求。

到现在我才能体会，那时的我虽然在最糟糕的境况下，但其实正处于最大的幸福之中。

那一天的那一段时光，简直可以作为一生的宝物收藏在盒子里。幸福突然地降临到我身上，与当时的境况或状态全无关系，彻彻底底没有丝毫关系。不管我处在怎样的状况中，也不管我与谁在一起。

只是，这种事情是不可能预测的。

事物绝不可能按照人们自己的愿望去发展。或许下一个瞬间幸福就会降临，或许一直等待下去也无济于事。恰如海浪或天气的变化一样，谁都无从知晓。对任何人来说，奇迹都平等地随时等待着降临。

但那时，我就是不明白这个道理。

西山的父亲是一位著名的大学教授，研究英美文学，同时还写推理小说，是一位奇人。西山小时候过着类似被父亲软禁的生活，差点儿因为营养失调而丧命。

据说因为难以同这样的父亲一起生活下去，西山的母亲离家出走了，父亲不懂该如何照顾孩子，所以在将近两年的时间里一直把他关在屋里，几乎不让出门。连吃饭也是想起来的时候才给他，自己外出时还总是锁上大门。而且，他们又是住在长野县的山里，所以后来是西山的亲戚报了警，大动干戈才把他营救出来。那时虐待儿童刚刚开始成为热门话题，由于时间上的奇妙巧合，这件事成了超过本来性质的公众热议案件。

我还清楚地记得，在电视新闻里看到幼小的西山获救时那茫然的表情。不知为什么，那么无助的一个小男孩，眼睛却炯炯有神，脸上甚至还有一种明朗的神态。

"外面这么漂亮，我真高兴，叶子的颜色，简直有点儿晃眼。"当时西山陶醉地说。

那之后，西山被带离父亲身边，由富有而又无拘无束、自由奔放的姑妈收养，过上了与遭到软禁时完全相反的生活。

现在他三十岁了，管理着一家小店，既不是夜总会也算不上酒吧，就是那种常见的放着音乐让客人喝酒的地方……他受雇在这家小店当店长。

我觉得，他在那段软禁遭遇以及之后的生活中，一定领悟了什么。

那是只有彻底置身于被动位置才能够获得的、某种惊人的领悟。也许正因如此，他的目光才会那么透明，而且时时闪动着不可思议的直觉吧。

西山管理的小店名叫"小路尽头"，真的就在道路尽头，是把一个独栋建筑重新装修之后改造而成的。这个古旧的独栋建筑很快就要拆除，明年小店将要搬到一个稍微大些的地方。西山也将借此机会到东京的名店去学习，以便将来能成为职业调酒师。

这家小店的业主是我舅舅，他在老店歇业之前休个长假，到海外旅行去了。我虽然一直想离开家庭，可终归还是个没有出过闺房的千金，妈妈拜托舅舅，让我在他店面二楼的小屋暂时借住一段时间。

这条街位于一个大都市，离我自己住的地方开车大约一小时左右。

说是大都市，但并不是像东京那样，而是东京近郊一个最大的城镇，新干线在那里设有车站，也有百货大楼，还有那种店铺云集的繁华街道。

我的未婚夫高梨，就是赴任到这个城市工作。

因为他所供职的公司总部就在这个城市。我们从大学时代开始交往，也都互相见过了彼此的父母，还交换了订婚戒指，只等他回到分公司，稍稍获得晋升之后就结婚，我们已经明确地发展到了这一步。

但是，大约从今年春天开始，高梨发电子邮件和回复录音电话都越来越有延迟的倾向。

我想一定是工作太忙吧，也就没有特别在意，只是等着他回家。

实际上，他周末回来的时候，看起来也很正常。

我们一如既往地约会，接吻，手拉着手散步，去外面吃饭。

我们偶尔也一起去饭店，一如大学时代那样互相说着各自的近况，过着十分平静的生活。

然而，他终于开始在周末也不回来了，给他打电话也几乎不会立刻回电。

即便如此，我依然同往常一样地等着他。交往的时间长了，想不到会变成这种感觉。

由于几乎失去了联系，所以我就找他的哥哥姐姐谈，于是，过一段时间，也许是受到了忠告，他又会打电话回来，我们就这样勉强维持着。

尽管我这个人很迟钝，但也感到实在太奇怪了，那是在今年夏天他一次也没有回家的时候。我们的家乡靠海，他最喜欢在大海里游泳，然而整个夏天完全未归，这时，我第一次感觉到什么地方不对劲儿了。

虽然连自己也觉得我这个人过于漫不经心，但或许，实际上我已经注意到了什么。因为每次仰望天空的时候我就会叹息，喝酒的时候，也会莫名其妙地泪流满面。

不过我跟父母和妹妹一起住在父母家，每天都有这样那样的事情，棘手的、严重的、热闹的，等等。而且，母亲经营着一个只有柜台没有桌椅的三明治小店，我几乎每天都帮忙打理，所以生活中充满了忙碌和快乐的事情，不知不觉中时间也就稀里糊涂地过去了。

在休息日，我偶尔会借家里的车，独自开到海边去。

我和高梨在海边留下的回忆最多，因此初秋的沙滩使我感到彻骨的寂寞。

即使这样，回忆也总是给我带来温暖。比如两人之间的对话，我们的性格相投之处，听着两人买来或借来的 CD 开车兜风，听到动人的歌曲忍不住流泪等等。刚刚开始异地恋爱的时候，因为舍不得分离，我们总是手拉着手，总是不停地谈论着各种话题：结婚之后想过怎样的生活；什么时候要孩子；想住在什么样的地方等等。还有，夏天一起游泳，看鱼，到岩石多的地方看贝类和海蜇，燃起篝火。每当忆起这些事情，我就会自然而然地露出笑容。

"我直接去他那儿一趟看看吧。"

我试着跟妹妹商量。

那是在一天深夜，我和妹妹一边吃着当天剩下的三明治，一边聊天。

"嗯……要是姐姐不受伤害的话还行。"妹妹说，"因为，既然没有联系，就说明他不想联系。所以……就这样顺其自然地结束，也许更好吧。"

妹妹比我小五岁，可有时候发表的意见已经像个大人了。

她嚼着水果三明治的嘴形还跟婴儿的时候一样，却已如此坚定可靠，使我不由得感慨。

"可是，所谓婚约，不就是为了避免这么轻易地分手才订的吗？不就是约定了要结婚的吗？"

我说道。

"话虽这么说，可实际上已经没有联系了呀。大概是因为姐姐太迟钝，所以即使有了那么多征兆也一点儿都没发现吧？如果姐姐喜欢他这副样子的话还另当别论，但要是并不喜欢，那还是分手的好。这种根本不在乎你的人，就算姐姐跟他结了婚，我也会难过的，因为我跟姐姐是一家人。"

妹妹说。

"高梨常说，他喜欢我的迟钝。他喜欢我不去参加联谊会啦，喜欢我上大学时对各类人物毫不在意，我行我素啦。而且，我觉得他可能特别忙。他在我面前比较娇纵吧，觉得什么时候联系都可以。"

这么聊着聊着，高梨的面影又浮上心头，令我痛苦不堪。

高梨颇受欢迎，性格开朗，多才多艺，亲切随和。虽然他也跟别的女孩子玩儿，但总是把我摆在中心位置。他每天都来电话，周末一定跟我约会，这就是我们踏踏实实谈了四年恋爱所走过的甜蜜道路。

"可是，如果现在就已经这样了，那今后的日子还能想象吗？再说，大家都说男人开始工作以后，人生观就会产生各种变化。"

"是吗？好像有点儿要被你说服了。真的还是分手比较好吗？"

"现在，都已经跟他联系不上了，再等下去只会更痛苦啊。"

妹妹说。

"与其说在等，其实感觉像是在骗自己。因为我不愿意相信事态已经这么严重了。那么这样吧，我去确认一下。再跟他见一面，好好做个了结怎么样?"

"姐姐有这种勇气吗?"

妹妹瞪圆了眼睛说。

"我再怎么漫不经心,到底也已经二十五岁了,是成年人了,没问题。"

我说。

而且,我是想,无论如何也希望再见一次面。

见面的话,说不定他会拥抱着我说:"实在忙得要命,对不起噢,你终于来了。"我心里还如此乐观。

"我陪你一起去吧?"

妹妹说。

"没关系,你不必为我做这么多,我自己能行。好歹我是姐姐嘛。与其陪我去,不如替我给店里帮帮忙。"

"嗯,知道了。万一遇到什么糟糕的事,千万别自暴自弃,一定先打电话啊。"

妹妹说道。

我不禁想，妹妹什么时候变得如此可靠了。自从我们可以像这样谈话以来，就总是深夜在房间里聊天、吃东西、吵架、说各自的恋爱故事等等，不知不觉间已经变得如此平等了。

　　我们俩都由衷地喜欢一起吃三明治、喝啤酒、沏茶、吃点心，喜欢那些悠闲而短暂的时光。

　　偶尔在两人都不曾出门的日子，到了晚上，不管是哪一个，就会出现在对方的房间里，然后一起度过那样的时光。半夜房间里开着电视，不知为何，这房间总让人感到温暖，似乎在这个空间就可以忘却世上的寂寞与恐惧。

　　就在最近，我们还互相说些"要是结了婚，就没法像现在这样聊天了"之类的话，然而，现在漂浮在房间里的气氛却是，这样的日子会一直持续到妹妹出嫁为止。

　　既然是姐妹，那么任何时候都可以跟童年一样相处。只要像这样，身边有能够谈心的人，即使是家人，也足以使我忘掉这是自己人生中相当严重的问题。

　　我感到，不管怎样，恐怕自己在短时间内都无法忘记高梨。因为我的大脑没有那种敏捷的构造，使自己在万一出现的最坏结果面前能够立刻振作起来。本来我的人生就是，不论做什么都拖拖拉拉地耗费时间。

　　我原本并不是那种没有男人就无法生活的人，但在高梨面前是例外。只有他让我焦虑不安，让我悲伤，让我狂喜。我觉得我们之间就是这种缘分。对方总是在行动，而我总是静静地被动思考，就是这样的命运。

　　尽管我生性迟钝，但在家中毕竟是长女，也许高梨便因此成了我唯一能够表现自己撒娇本性的对象。

　　结果并不是最糟的。

　　我给他发了三封电子邮件，主要意思是无论如何想好好谈一谈，但并没有说"要去见你"。我还在录音电话里留了两条留言，说了同样的内容。

"不管是什么情况，就是想谈一次。不互相谈清楚的话，就像悬在半空一样没法继续下去，所以我觉得还是说清楚比较好。总之想见个面，好好谈一次。"

录音的时候我尽量不让自己有悲伤的声音。

然而，没有回音。

于是我带上足够住三天的行李，踏上了前往高梨所在城市的旅程。

我住进车站附近的一家商务旅馆，等待着夜晚的降临。

放下行李后，我独自去吃午饭，说实话这时候心里还有点儿高兴。今天晚上肯定可以见到他了。而且，如果看见了我，他或许也就怀念往昔，回到从前，我们又能一起聊各种各样的话题了吧，在亲密融洽的气氛里……我是这么想的。高梨就住在这条街上，这么一想，不由得心中欢喜。他是否也曾在这里吃过午饭呢，单是想到这一点，我就又难过起来。

　　之后我回到旅馆睡午觉，做了一个伤心的梦。

　　梦里我独自一人在一个陌生的城市里走迷了路。我脚下发软，无论向谁问路，对方要么是丝毫不予理会，要么就是说些我完全无法理解的话。空气中弥漫着略泛乳白的彩虹色雾霭，我似乎身处雾霭之中，伤心得无法思考。

　　那天晚上九点，我下定决心，向高梨的公寓走去。

　　不知为什么，他搬到那个公寓后，一次也没有请我去过，更没有让我住过。

　　对面的停车场里停着他那辆熟悉的车。

　　屋里亮着灯，有人影在晃动，于是我松了口气，按下了门铃。

　　里面出来一个女人。很漂亮，也很成熟，是那种跟我完全相反，做事有条不紊的类型。她长得有点儿像高梨的母亲，这也让我很震惊。

　　"如果你是找阿仁，他还没回来呢。"

她说。

"那个……我……叫横山实美，我是高梨的，说实话，是他的未婚妻。"

我这样说是想先让自己居于有利位置，但是在她叫出高梨名字的时候，我就已经感到彻底败下阵来。

"啊……我听他说过，那，请进吧。"

她说。

她的头发利索地扎着，穿着 T 恤和牛仔裤，正在手脚麻利地准备晚饭。而且，房间被她收拾得整洁有序，还点缀着漂亮的装饰，简直就是恋人共栖的爱巢。没有我的照片，没有代表我俩回忆的任何物件，我能认出的只有他挂在衣架上的一套西装。这是他在老家时也常穿的。真令人怀念啊，这么一想，我几乎要流出泪来。连这样的东西也令我如此追怀。

"开始的时候我想，只当他在这边的女朋友就行。"

她一边给我沏茶一边说。我开始头晕目眩。

"但是，交往的过程中，越来越发现我们性格相投……阿仁总说你很文静，他说你受不了打击，让我多给他些时间。不过，我们住在一起的事，我父母和他母亲都已经知道了，今年冬天，我们就会有正规的形式了。对不起。我，不知道他还没告诉你这些。"

"什么意思？你说什么？"

"我们，打算结婚。他在总部的工作很顺利，所以公司按照他本人的意愿同意他暂时不回分公司，先在这边生活。"

"欸？"

我发出无力的声音。所谓晴天霹雳就是如此，我名字的发音也是如此①，我失去了平静，满脑子都是些毫无意义的念头。

哭也哭不出来，我只觉得自己实在愚蠢透顶。

---

① 日语中"晴天霹雳"是"寝耳に水"，其中"耳"的发音与女主人公名字的发音相同，都是"mimi"。

明明已经没有自己的份儿了，却还垂死挣扎，又给他奇怪的留言，又找他的兄姐商量。

不仅如此，更糟糕的是，恰在此时，随着一声"我回来了"，高梨走了进来。

回来了……是啊，回家了，他的，家……

他看到我大吃一惊。随后，看见我与她相对而坐，他似乎明白了一切。

"对不起，实美。可是，我本来打算在冬天好好地了结一切。我并不是讨厌你了，而是有了更喜欢的人。我已经，下了决心。"

他说。

说话的时候，他脸上的表情仿佛就要哭出来似的，那眼神也令我无法憎恨他。

我到底还是泪流满面，想要说些什么，却什么都说不出来。只是，努力地说出了一句："既然已经这样，也是没办法的事。我都明白了。"

然后，我独自走出了那个温暖而明亮的房间，走入黑暗之中。

不知道漫无目的地走了多久。途中我进了一间酒吧，喝了三杯鸡尾酒。邻座的一个男人对我纠缠不休，但我实在呆滞恍惚，所以直到酒吧的人插手干涉，那人才终于罢休。然后我又继续醺然走在大街上，试图让头脑清醒一点儿。在这样一个令人憎恨的城市，所有的人都有自己的目的地，所有的人都过着自己的生活。而我，却形单影只。

　　我有深爱的家人，大学毕业，有未婚夫，迄今为止一帆风顺，可现在却孤寂地流落在这样一个地方。

　　但同时我又想，反正，这种事情世上也屡见不鲜吧。

　　我回到旅馆洗了个热水澡，这才终于能够真正地哭出来。我心想，所有的一切都彻底结束了。妹妹好像来过很多次电话，短信也有好几个。

　　我哭着给妹妹打电话。果然是吧，早就知道会这样，姐姐太傻了，老好人，笨蛋，等等，妹妹数落着，声音哽咽起来。快点儿回来吧，我们很担心呀，快点儿啊，她反反复复地这么说。

连我自己都担心自己的愚蠢。

明明早就清楚地知道结局，可为什么还是跑到这里来？我似乎有点儿清醒了。

心底的某处很想回家。想回到以往的生活，想忘记所有的一切。期盼已久的与高梨的新生活已经无法挽回，我想沉浸到那拥有自己节奏的温暖生活中去。但是，如果现在马上回家的话，不知为何总觉得自己肯定会为某种微妙的情境而彻底崩溃。

我一直死死坚守着订婚这个词汇所具有的形式上的喜庆。这个词汇中潜藏着一种力量，让所有人都以为那就是无可挑剔的幸福，是牢不可破的，因此可以高枕无忧。

自始至终、即便到了如此地步，自己对此依然倍加珍视，这着实可悲。

都已经订婚了，所以无论如何分手那种事，根本就是不可想象的，我一直在这样欺骗自己。

早晨起来双眼红肿，不知身在何处，接着我突然"啊——"地一下惊觉。

　　因为我意识到，那种日子业已彻底终结，那种想方设法在对回忆的反复玩味中走过来的、糖球般的日子。

　　一直以来，我已经习惯了早晨一起床就先想象一下"高梨今天会干什么呢"。但是，我一生都不再需要这么想了。因为他已经与我的人生毫无关系了。

　　我望着商务旅馆雪白的天花板，心想，如何是好？究竟是怎么回事？

　　无论如何也绝对做不到今天就重新开始往日的生活，我当时的真实心情就是这样。

　　我首先打电话，向父母说明了全部情况。

　　父母都非常气愤，表示当然要去高梨的父母家理论。怎么做都无所谓，只要能在形式上弥补一下。我撒谎说，自己也已经非常厌恶他了，所以就到此为止吧。

正因为我的家庭充满了爱，所以总觉得家人的情绪会掀起巨大的波澜，这使我越发不想回去，于是我说，想暂时留在这儿冷静一下。虽然全家人都劝我立刻回去，但我已经连坐电车的力气都没有了，而且一旦回去受到他们安慰的话，我说不定会自杀的。

　　我在家里的房间到处都贴着充满回忆的照片，还有日记、他送我的礼物等等，有太多太多的东西。这些也都是我现在不愿看到的。

　　何况，稍微间隔一段时间的话，母亲就一定能够意识到，越是兴师动众，对我的伤害就反而越大。

　　我的确是深受家庭亲情的恩惠。一直如此。

　　母亲与我和妹妹就像三姐妹一样。母亲出于兴趣开了一家三明治小店，只在早晨和中午营业，虽然简单但感觉很好。父亲是公司职员，认真而顾家。现在，一家人健健康康，生活安定。

　　我觉得这并没有什么不好。

只是，遭遇这件事情时，我才深切领悟到，这种家庭的束缚是何等牢固、何等强大。只要不能自己独立，伤口就永远不会愈合。跟高梨交往至今的只有我，这个伤口只属于我自己。即使是短暂的一段时间，我也希望认真面对。

最后，妈妈拜托了住在这条街上的弟弟，也就是我的舅舅，让我暂时住到他的空屋子去——就在他拥有的那家小店的二楼，这样他们也总算安心了。我做出保证，只住一两周，调整好心情就一定回去，每天给家里打电话，绝不做出格的事情。

对于从未离开过父母家的我来说，这是初次独处的一段时间。

我随心所欲地驰骋思绪。早晨醒来，也不出被窝，我一边看着蓝天，一边想，啊，高梨也在这同一块天空下，等等。这样一来，不知不觉又有了幸福感，忍不住会哭起来。真像个傻瓜。

但是，我一直想见到高梨，甚至只要他活在这世上我就觉得高兴。

我第一次试图让自己这样想：能够与真心喜欢的人恋爱，还订下了婚约，已经很好了。这种事情司空见惯，并非只是发生在我身上。况且那个女人虽然与高梨相互倾心却一直偷偷摸摸地交往，她一定也有种种的思虑吧。所以，我们是彼此彼此，这么想着又落下泪来。

　　也许是受到舅舅的托付，要照看着我以防自杀之类，受雇的店长西山偶尔会来跟我打个招呼。他下午或傍晚会从自己的住处过来，打开店门，做扫除或者进货等等。

　　起初我只是像蜗牛一样蜷在被子里回应一下，大概从第三天开始就自然而然地习惯了。我们之间除了必要的话之外并不多说，只有事务性的关系，这一点是最好的。

　　我觉得有些过意不去，所以只在估计会很忙的晚上，去店里帮点儿忙。

　　对西山来说，可能我碍手碍脚地反而添乱，但或许他知道我的情况，无言地接受了我帮忙。因此，我也尽量避免打扰，安安静静地打下手。

另外，我很少跟客人说话，一直观察着西山周围人们的关系。

那个小店的常客都非常喜欢西山，令人感到似乎是为了见他而来。

渐渐地我也跟其他人一样，被西山所吸引。他那种对大家一视同仁的阳光性格，那种不知何故仿佛光芒闪耀的氛围，还有那种如同海风拂过晴朗优美的大海般的感觉，笼罩着人们，使周围都变得明亮而温和。

我总觉得，只要和他在一起，似乎就会成为自由之人。

也许这么比喻过于陈腐，不过西山看上去就像是黄昏天空中自由飞翔的鸟儿一样，猛力加速，奋力扇动翅膀。空气在流动，风吹打在脸上，从高远的天空俯瞰着世界……他看上去就是这种感觉。

西山的无拘无束和不擅拒绝是出了名的，所以他虽然没有正式的女朋友，但总是有很多女性朋友，这也是出了名的。他坦率地表示，这些人他都喜欢，但是目前并没有特别喜欢的女子。他对谁都这么说，从不忌讳，再加上他没有手机，跟他联络很不方便，所以好像很难有女性能够接近他的生活。

尽管有人因此而羡慕我，但我根本无暇顾及这些。自己的事已经让我耗尽心力，别人的传言之类全都无所谓了。反正我很快就会离开，而且这里是我舅舅的店，碰巧有了这种缘分也没办法，这么一想，也就什么都不放在心上了。

另外，气恼西山的人也好，羡慕他的人也好，店里都大有人在。还有一些规劝他的男男女女。由于他实在难以捉摸，大家好像处处都想为他操心。

我心想："西山一定真的就是这种人吧，虽然大家对他有各种猜想，但他这个人就是简单地表里如一，只不过是在真实地活着。可是，这一点恰恰是很难做到的。"

我不能否认自己被西山的身体所吸引。他那流畅的动作似乎足以让任何人为之着迷。相貌虽然平凡，但双眼如同钻石，薄唇高鼻，头发有点儿自然卷，外表确实很招人喜欢。

然而，虽然不容易表达清楚，但是对我这样一个既没有三角恋也没去工作，一直郑重其事坚守爱情却最终落得分手的人来说，最有吸引力的，应该是西山的思想。

因为我并没有爱上他，所以这种感觉更为强烈。

在这同一片天空下，高梨正在跟另一个人甜蜜地生活，这件事每天都会让我的心阵阵作痛。想必他们俩正过着本应是与我共度的日子吧。如果她的东西太重，高梨一定会帮她拿吧，她也一定会为高梨做他爱吃的咖喱饭吧——里面不放什锦酱菜而是放藠头的那种。

就连独自一人细细地、悲伤地想象这些事情，或许都成了我心理康复的方法。

"我觉得自己很容易适应环境，也能够接受现实。"

一天晚上，关了小店，在回家之前，西山一边喝着咖啡一边这么说。

"可是，小时候你遭遇了那样的事，一定有心理创伤吧，或者也有实际上难以承受的事情吧？"

我问。

"你问这个，只是出于好奇吗？"

"是好奇，还有，我住这儿的这段时间不想做让你心里不舒服的事情。"

我回答。

他微笑着说："是啊，说实话，即使是现在，回想起被关起来的那种感觉，可能确实不舒服。偶尔也有些女人给人那种感觉，我真的非常讨厌她们。就是那种任何时候都必须黏在一起的人。我可受不了。"

"这个嘛，可能确实如此吧。"我说，"不过大家都想跟你在一起，这是为什么呢？"

"也许是因为，我这个人，自己的事情都能自己做主吧。小时候一直被关在家里，后来的生活又过分随心所欲，两种情况的好处和坏处我都体会过了，所以可能比较善于平衡。还有，就是我对事物不抱幻想。这倒并不是因为我父亲有什么异常，他只不过是平衡感不太正常，并不像报道里说的那样，每天都那么怪异。他就是一个学究，一个鳏夫，跟小毛孩儿在一起没什么可做的，那段日子感觉更像是按照我们各自的方式生活在山里。我营养失调这件事虽然成了人们议论的话题，但我父亲自己也是瘦骨嶙峋，他一旦专心做起事来就几乎不吃饭。我们现在也还偶尔见面，他虽然是个奇怪的人，但也有他自得其乐的生活。对我来说，倒是那之后人们的同情带来了更大的困扰。我常想，你们究竟知道什么？只不过因为我看上去经历了什么伤心、罕见的事，大家就一下子表现得像亲人似的。"

"这样啊，所以你才跟别人保持那么远的距离呀。不过话说回来，这家店要是歇业了你不会觉得寂寞吗？毕竟是个不错的店，而且常客也不少。"

"嗯，是有一点儿啊。可是就像重新开始旅行一样，我会到东京去开始新的生活。"

"我呢，像我家三明治店关张这种事，连想想都觉得寂寞。每天早上都要见面的客人从此就见不到了，那个反应迟钝的老奶奶，每天都来给孙子买水果三明治，她会怎么样……这些事情光是想想就忍不住要哭出来。"

"真是千金小姐呀，原来你也有这样的人生啊。"

我觉得自己的不谙世事也让高梨心无芥蒂。

"生长在好的环境里并不可耻啊。可以把这当作你的武器呢。因为这是你已经拥有的东西。回家以后，将来有一天你还会喜欢上某个人，会有美好的婚姻，跟父亲母亲也还继续交流，跟妹妹也保持亲密的关系，然后在你周围再形成更大的人际圈，那就更好啦。你有这种能力，而且这也是你的人生，所以对谁都用不着觉得羞愧啊。你不妨想，是对方被你从人生中驱逐出去了。"

"听你这么一说，心情松快多了。因为我一直觉得是由于自己什么地方做错了才落得这个地步。不过，是我自己把幸福设计成了那样，所以才觉得无论如何都难以改变了。我想好好地回去，然后开始新生活。"

"就是嘛，如果这样就想离家出走的话，那就是傲慢了。世界上，每个人都有自己低谷的极限。像我和你的这种不幸，跟这世上很多人的不幸根本就没法比，要是遭遇他们那些经历，你我这样的人就被压扁了，马上就会死掉。这就是因为我们实在是生活得太安逸、太幸福。不过这也并不是什么可耻的事。"

西山面带微笑说着这些尖锐的话，但是我一点儿也不生气。因为确有道理。

"我觉得，出生在那个家庭，还有，跟家人的关系那么亲密，这些都是我的财产，也是我的命运。这么说可能有点儿神秘，不过我觉得一定是自己在某个时候某个地方选择了出生的环境。所以，现在我只不过是稍微休整一下。人嘛，偶尔也需要这种休息吧。"

"嗯，明白就好。真的很好啊。要是你在这儿总想些奇怪的事儿，我就该觉得自己有责任了。不过，我才发现，你比我想象的要坚强得多。这就是生长在良好环境的表现吧。"

西山说着，又微笑着眯起了眼睛。

"虽然这次的事，有时候让我可怜自己或者几乎要讨厌自己，但是我并不想否定迄今为止的人生。"

我说着，心想，西山到底是平衡能力超群啊。而且他能够把这种平衡感表达出来，说得很到位，令我由衷地佩服。

虽然难以用语言表达清楚，但西山看上去好像在儿童时代就已经把一生中最艰难、最痛苦的种种事情都经历过了，所以才受到神灵的眷顾，允许他快乐地享受今后的生活。

不知为什么，只因为有西山在，我觉得房间开始变得温暖，而且充满了爱。所以，只要能有西山长久相伴，毫无疑问我肯定会时来运转！我知道，今后也一定会源源不断地有人感到：从人生的不安之中解放出来了。

　　之所以有这种感觉，是因为跟西山漫无目的地闲聊之后，内心的寂寞竟莫名地彻底消失了。

　　然后，就会周身温暖，神清气爽。甚至觉得，从今往后，人生中还会有无数的精彩。而且这种感觉并不是突然袭上心头，而是一种宁静的、安详的内心涟漪。

　　真好啊，只要世上有这个人就好，无论他是否属于我。我不由得想要赞美他，他就像生长在公园里的巨大树木，并不属于任何人，但所有的人都可以在下面休憩。

　　他是属于大家的，我从一开始就坚信这一点。对我来说，他就是茶点，是娱乐，是温泉，他就是这样的事物。

并非是孤注一掷拼命得来的邂逅，他就在这里，令人安心，他就是这样的人。

一天晚上，店里没有客人的时候，我正在狼吞虎咽地吃着店里备好的炖菜，像只山羊一样埋头大嚼，西山突然说："哎，你还有其他的原因吧。除了留恋之外，还有什么让你牵挂的事吧。"

突然被问，我一下子脱口而出："我借了钱给他，还没还。"

为什么就这么说出来了呢？这句话我对父母，对妹妹，对亲戚，对他的父母，对他的女友都不曾说过。而且，这件事我本来已经决定一辈子都不说的。

我对自己感到吃惊。

于是，我这才意识到，其实自己心里是想说的。

原来如此，原来我一直想把这件事对谁说出来啊。想要说出来博取同情啊。归根结底，我也就是这么样一个人呀。

接着，我的眼泪流了下来。

"借给他多少?"

西山说道，他看见我流泪，微微蹙起了眉头，脸上流露出难过的神情。

"一、一百万日元。"

我说。

他瞪圆了眼睛说："怎么还会有这种事! 难以想象这是未婚夫妻之间借钱的数额。"

"那是我想着结婚以后，在新居要置办新家具之类，为了能留点儿余地存起来的。是从小时候一直存起来的钱，压岁钱、平时积攒的钱、打工的薪水什么的。他买车的时候，借给他的。因为我想反正将来这车也是两人一起开。我们一起去买的，还一起试驾了。"

我越说越觉得悲惨。

"真笨啊。"

西山说。

"可是，我不是为了这笔钱才留在这儿不回家的。因为，我已经不打算让他还了。不过，其实我总觉得自己是受害者，一直想对什么人说来着，这种心理我到现在才发现。所以你跟谁都别说。跟舅舅也千万别说啊。因为舅舅一定会去告诉我妈的。要是那样的话，我就更无地自容了。"

我说道。

他一言不发地看着前方。

"钱的事情就这样了，跟还钱比起来，我更希望像现在这样过日子。"

我一边擦着眼泪，一边说。

就像随波逐流的水母一样，在暮秋初冬的透明天色中，我就在这条街上，做一个什么都不是的普通人。

"真是笨啊，那笔钱，还是得要回来。"

"就是因为笨，才成了现在这样啊，算了。要是西山你能要回来的话，就归你了，那笔钱。"

"真是个没有为钱苦恼过的家伙，就是因为你这副样子才烦人哪。一百万，就这么轻描淡写地说说，这可不行。有的人就为了这么些钱，还连夜逃跑躲债呢。"

西山像兄长一样说道。

不，我觉得能够说出来就已经爽快多了。

还有，能够有人听我说，也让我心怀感激。

但是这些我没能说出口，只说了一句："好了好了，喝点儿茶吧。我去泡。"

我转移了话题。

"还有昨天客人送来的蛋糕呢。"

"要吃吗?"

"嗯——有奶酪蛋糕、草莓蛋糕和布丁。哪种好?"

西山缩着身子蹲下，打开柜台里的冰箱问。

"我，要草莓蛋糕。"

"OK——"

"茶呢? 喝什么好? 绿茶行吗?"

"嗯，绿茶很好。"

我烧了开水。

心中的郁闷消散了，似乎连周围的景色也豁然开朗，茶和蛋糕都像有生以来初次品尝一般新鲜。

自己竟然如此渴望倾吐，竟然如此耿耿于怀，我为此惊诧了很长一段时间。

后来，西山没再提那件事。

"哇，这布丁真甜。"

"那不是布丁，是焦糖奶冻吧?"

"你从哪儿分清楚的?"

"表面的糖是烤焦的。"

"是吗……"

我们就这样有一搭没一搭地聊着，在等待客人的静谧时间里，我的痛苦在一点点消融。

实际上，我反复想起借款的事情，苦闷不已。

我还有其他的存款，在三明治店也并非无偿白干，现在，钱的方面并不拮据。而且，在失去联系之前我也经常把那辆车借过来开，本来在不久的将来那车就应该是我们两个人的了，再说，吃饭也总是他请客，价格不菲的订婚戒指也没有还给他，现在还在我的钱包里。

即便如此，我也曾不怀好意地想过让他还钱……但是，假如他并不是出于留恋旧情、依然爱我或者为我着想，而只是因为还不起钱，害怕被我讨债才没能开口对我提出分手的话……一想到这儿，我就对更深的伤害充满恐惧，不敢再想下去了。

总之，就算把钱还给我，他也不可能回到我身边了。啊，可是，这笔钱或许足够我带着妹妹去海外旅游一趟了呀……我的想法反反复复。

我还想过，要是让他还钱，就能再见他一次了。

说不定，他见到我时，心情正摇摆不定，我俩还能顺利恢复……这么一想，希望就又涌上心头，但之后又再次感到凄凉。

这样一来，钱这个东西就已经变成某种精神形态了。

当我想到可以用这笔钱跟妹妹去旅行时，不知怎的同样的金额竟变成闪闪发光的橘黄色意象浮现在眼前，而当我想到还可以作为再次见面的借口时，则变成了污黑的愧疚感。一想到他是心怀恶意故意不还，他的狡猾就使我心中充满懊恼，更加黑暗，而自己也就彻底沦为受害者，眼前则呈现出如同怨毒语言一般颜色污浊的意象。

如果同一笔金额可以变幻为不同颜色的话，那么实际上我只希望尽可能与美好的色彩产生关联。但我也十分清楚这是不可能的。我感到自己仿佛在朦胧恍惚间目睹沉睡于自己心中的各种色彩，看着这些色彩无法停歇地反复变化，恰如在某处观看有趣的事物一般。

我觉得，家人、工作、朋友以及未婚夫等等，所有这些，都是如蛛网般保护着自己的网，使自己得以隔离于那些沉睡在内部的可怕色彩。这种网越多，我就越能够不致坠落，顺利的话，甚至连下面有坠落空间都不曾知晓就能度过一生。

天下的父母对自己的孩子，不都是希望他们"尽可能不要知道下面有多深"吗，所以，我父母才会把这次事件看得比我更加严重吧。他们一定非常担心，希望我不要在这里跌得太重。

人类就是这样，群策群力、想方设法地创造出了避免杀戮而生存下去的体制……当我的思绪扩展至此时，不知为何想到了那些生活在印度街头，浑身沾满狗粪的人们；那些因高利贷而债台高筑，连夜逃跑的人们；因无法戒除酒瘾而妻离子散的人们；因过度焦虑而虐待孩子的单身母亲；因婆媳不睦而导致的杀人事件，等等，我已不再认为这些仅仅是沉重、不快而又毛骨悚然的事情了。

在这家名为"小路尽头"的小店二楼，我像个幼稚的小学生一样认真地思考着："这次经历说不定是件好事。我这种人的这些感悟，其程度也许仅仅相当于穿过柔软云层上的小洞向下窥视而已，而且还不清楚我看到的究竟是不是下界的景象。但即便如此，这也是我自己决定要看的，这一点非常重要。"

自己试图把握的，是那个人的世界，一定是。

我现在能够这样想了。

如此一来，在我眼里，高梨便渐渐成为一个非常遥远的人。我第一次能够认识到，他并不是那只理想的手——温暖地牵着我的那另一只手，而是一个与自己想法迥异的陌路人。

假如换作我，应该会在刚刚喜欢上另一个人的时候——如果是真心的话——立刻就告诉他。

而他并没有这么做，却拖拖拉拉让事态发展到今天这一步，我甚至开始觉得，他这种做法根本就与我不相合。

我的思绪一直循环往复，无法停止，我也因此在不知不觉中变得心情平静了，仿佛找回了青春一般。

很久以前，我曾经仰望着夜空漫无目的地思考一些大而无当的问题，比如生与死，比如要度过怎样的人生。

群星闪烁，夜空辽阔无垠。

那时候风中夹带的寒意、飘渺而广阔的未来、笼罩着故乡城镇的海潮气息等等，那种种感觉，在我心里逐渐复苏。

现在我感到，自己完全可以继续不停地寻求一种自由自在的心理状态，一种犹如歌声、乐曲般无限荡漾开来的心理状态……完全能够做到。这种感觉就好像我心中的一层皮——平和而又恍惚、对疼痛业已麻木的一层皮，被一下子揭掉了。尽管疼痛，但是与稀里糊涂地度日相比，肌肤所接触的空气已经新鲜得多。

好的，差不多可以准备回家，重新开始了。

我心情舒畅地想，虽然与西山的离别令人伤感，不过自己已经得到了他极大的抚慰，也从他的话里获得了很多教益，而且说不定将来还会见面的。

"我差不多该回家了，心情也已经安定了。"

我到店里时对西山这么说。

"欸，我会寂寞的啊！"西山真的流露出遗憾的表情，说道，"我这么说对你有点儿不合适，不过这些日子每天都过得很愉快！"

"哪儿的话，我也很愉快呢。都快要想一直这么过下去了。"

我说。

客人们还没来，我正在擦玻璃杯。这些杯子好像是舅舅一个一个收集起来的宝贝，所以为了报恩至少也要擦得亮晶晶的。

住在这儿期间，也许是为我着想，舅舅没有跟我联系，我内心对他非常感激。正因为没有被他过分关心，所以才能够轻松度日，我想，下次新年前后要是来这儿玩儿的话一定要好好道谢。假如舅舅在身边，必定会努力安慰我，带我四处散心，使我透不过气来。正因为周围只有素昧平生的人，所以才能如此轻松自在，我还没走就已经开始怀念这里的日子了。

虽然我在这里什么都不是，虽然劳动也没有一分钱报酬，但毕竟得到了西山的照护，情绪不好时随时都可以上二楼躺倒。无论怎样浮想联翩都不会被打断，化妆浓艳也没人会察觉变化，哭肿了双眼也不会被说东道西。而且白天只要上街走走，立刻就能成为一个旅人。由于在此独处，所以读书时那些文字会奇妙地渗透心底；由于感悟力在悲伤中得到了磨炼，所以对季节的变化也了如指掌。我已经很久没有体味如此明澈优美的秋天了。

而且，我有家可归，毕竟，闲逛只能带来消沉。

我也明白了，自己对于金钱出乎意料地斤斤计较，气量狭小，自己到底是个愚笨的、不通世事的老好人。

在这里的短暂时光……仿佛一口气沉落到杯底，我内心被深深刻上了那种只有透过悲伤的滤镜才能发现的风景，今后只要我活着，这种风景就一定会给我带来很多的帮助。

因为有了这样的想法，所以感觉就像长途旅行归来时一样神清气爽。

我感到自己尝试在这里待到今天真是太好了。

"什么时候回去？不会是明天吧？"

西山像个大姑娘似的忸怩着，毫不掩饰地说。那样子像是要哭出来。

我心想，这一点也是他受欢迎的秘诀吧。如此率真的人实在少见。

"我虽然要回到自己的生活里去，但是一辈子也忘不了你。真的非常感谢。后天，就是星期天回去。"

我说。连自己也快要哭了。但是我要求自己不在这里哭出来，我想这是我与西山的不同。

"嗯，虽然我会寂寞，但是，对你来说，已经是时候了。回去绝对是好事啊。"西山半带着哭腔说道，"还会见面的呀，又不是要死了……啊，真难过呀……"

然后他似乎要掩饰自己的伤感，开始认真准备起店里的事情来，但仍然没精打采，偶尔发出一声叹息。

我不禁有些高兴。在如此短暂的时间里，我已经实实在在地在这里留下了自己的印记。

尽管今后我也许不可能变得像他那么率真，但希望至少能有一点点像他的人生那样接近真实的自我。

第二天，我想给舅舅留一封信，写着写着不知什么时候睡着了，接着听到窗外传来汽车喇叭的声音。

那似曾相识的声音响彻了我的梦境。

梦中的我，依然在冬日那混沌不清、雾霭笼罩的乳白色甜美天空下，正跟高梨见面。原来，全都是一场噩梦啊，我们不是还在一起吗，证据就是他开车来接我了，现在我们俩就要久违地一起去饕餮美味，无拘无束地东拉西扯，确认我们从今往后还会相守一生。上次终归是什么地方搞错了，只不过是在那个女人面前，他没能说出真心话罢了，啊，太好了！

这么想着，我在梦境中笑了起来，然而眼里却充满了泪水。

接着，喇叭声再次响起，我完全醒了过来。

我往窗户下边一看，简直像梦境在继续一样，高梨的车停在下面。

说实话，我欣喜无比，几乎想要飞奔出去。啊，他回心转意啦，到底还是我好啊，因为那么长时间构筑起来的感情，是不会这么轻易结束的……我这么想着。

但是，接下来的瞬间，现实击垮了我。

怎么？从驾驶座探出头来的，竟然是西山。

我怀着复杂的心情慌忙来到楼下。

"怎、怎么回事？这车。偷来的？"

我问。

"这车，他说给你了。我让他还那一百万，他就说把车给你。资料文件什么的都放在储物斗里了。保险之类的，他老家的父母或其他家人会很快帮你办好。说至少算是个心意。"

西山说。

"你说这些也……"

我被这难以置信的变化弄蒙了。

"你去见高梨了？"

"嗯，我告诉他你现在已经在跟我交往了，让他放心。当然这不是真的。然后，我说想让他把钱还了，他说现在实在还不起，所以，我就试探着说，那么，用那笔钱买的车就转让给我们吧，没想到他马上就答应了。那家伙比我想的要好啊。本来还以为他是那种讨厌至极的人。"

"是、是吗？好歹是我看上的人呀，呵呵呵。但是，他是不是把你当成黑道上的，因为害怕才答应的？不过如此而已。"

"不，我觉得不是那样。他说还在为你来找他感到意外呢，他没有处理好，伤害了你，觉得很过意不去。所以，他说想尽自己所能做点儿什么向你表示歉意。他还说，如果你愿意要这辆车的话，他心里也会好受些。事情进展得可顺利了。"

不知怎的我已经觉得无论怎样都无所谓了，总觉得这事也就这样算了吧。而西山却认认真真地认为这件事情理当如此办理，这种想法已经明明白白地表现在他的态度上了。

"可是，这车里，大概已经有那个女人的味儿了，多讨厌啊，不如卖掉吧。"

我说。

"这个你回去以后再考虑吧。不坐一下吗？去兜兜风吧。这条街上最大的公园，你还没去过吧？"

西山笑着说。于是，我也不再坚持，钻进了只跟高梨一起乘坐过的这辆车。

一坐进车里，回忆就逐渐浮现出来。

视线的位置、安全带的感觉、窗户的曲线……然而，旁边坐着的是西山。比高梨更瘦，驾驶技术比高梨稍逊一筹。

啊，此时就是此时，一切都已经过去了。我心里这么想。

于是，我心情平静地在车里环顾四周，西山在把车开来之前，好像为我洗过车，打扫了烟灰缸，还清理了车的内部，并且加满了油。对如此费心的西山，我满怀感激。

这是因为，尽管他并不知道这种细小的关照对我来说是多么大的鼓励，可还是为我做了。同时也因为，他并不是在讨好我，而是把这看作理所当然，他就是这种具有良好素质的人。

我的心情又轻松起来，考虑着把这辆车停在家里的什么地方好呢，对了，明天就开车回去吧，等等诸如此类的开心事。

尚不熟悉的街景，从我的眼前流逝而去。

今后也许不会再住在这里了吧，而且，本应跟我一起生活的人将会跟另外一个人共同生活在这里吧。人生就是无论发生什么都不足为奇，这次的事情着实令我震惊，而且至今也仍未摆脱震惊，但是也正因如此才得以度过这么有趣的一段时光，也算是件好事。在酒吧也打过工了，对爵士乐也多少懂得一点儿了，对于别样的生活也窥探到了一些，简直就像留学生活一样。所有这一切，都是得益于偶然遇到的这位好导游啊，我一边看着窗外滑过的风景，一边平静地想着。

"不过话又说回来，你对各种事情都努力考虑周全，对人生的各个方面也想方设法地平衡，表面上漫不经心，其实出人意料地敏锐，也出人意料地冷静，等等，反正，你的真正的个性，那个男的连一半也没了解，你们就是这么交往到现在的呀？"

西山说道。

"大概吧，我觉得在这么长时间交往的过程里，好像也聊过这类话题似的。"

"他那张脸，就不像是认真听人说话的样子。那种家伙，真没意思。就是那种只凭脸蛋和身体来评判女人的类型。"

"还不至于那样吧，不管怎么说。"

"不，我都清楚，那家伙极端男尊女卑，他那种类型，绝对不会给自己的女人自由。"

"呀……照你这么说，跟他分手倒好了。"

"我看得很清楚啊。那种人，看待事物的方式是非常模式化的。我跟你说，一直待在家里或者老在同一个地方，过着一成不变的日子，看上去挺沉稳，可是连心都紧紧封闭起来了，还以为这就是安静、单纯，其实这是非常浅薄的想法。不过，一般来说大家都是这么想的。人的内心明明有可以无限扩展的东西。这世上有很多人，对于人心里究竟沉潜着多少宝藏，根本连想都不去想。"

西山说。

我心想，是吗，这就是西山的理论、西山的想法呀。

汽车终于穿过一座大公园的大门，缓缓行驶在一条宽阔的道路上。我从来不知道有这么大的一个公园。因为是工作日，游人稀少，有放学回家的孩子们高兴地结伴而行，也有带孩子的母亲们推着婴儿车散步，还有谈恋爱的学生在静静地约会，慢跑的人们则从我们旁边嗖地擦身而过。

后来，车在一个有高大银杏街树的地方停了下来，那些银杏街树无限地向前延伸着。

那是令人叹为观止的景色。伴随着银杏树的延伸，金黄的银杏叶在地面高高地堆积成一面黄色。迎着阳光的部分熠熠生辉，简直如同下过一场黄色的雪，隆起的落叶山蓬松地覆盖着道路，向着无边的尽头延续。

"太棒了，真漂亮！"

我说。

"像雪一样吧。"

西山说。

我从车上下来，用脚在落叶上踩出哗啦哗啦的声音，一个劲儿地向前走去。同时体会着那干爽的、令人舒畅的树叶香气，以及轻柔的触感。

阳光倾泻，四下几乎无人，一种恰似置身雪

景，或身在天国的神圣感觉油然而生。枯叶几乎淹没了我的小腿，无论怎么踩踏也不见减少，只是伴随干爽的声音舞动着。

一切都仿佛被吸入到那柔软的树叶之山里去了，鸟儿的鸣叫以及街道的声音都显得十分遥远。

我们喝着西山买来的罐装甜咖啡饮料，像孩子一样弄脏了膝盖，一直不停地弄出哗啦哗啦的声音走来走去。

那里，没有过去没有未来没有语言没有一切，只有带着光线、金黄与太阳的枯叶的香气。

在那片刻，我无比幸福。

翌日清晨，我开着那辆车回家了。

家人似乎已经商量好了要做出什么都没有发生的样子，都若无其事地出来迎接。妹妹外出约会不在家。父亲和母亲都不怎么提车的事，只说手续得好好办，他们会随时帮我。

我笑着说，以后我就开这辆车到处跑。

我真的打算这么做。

不知为什么，我已经不那么伤心，而且走进自己的房间一看，甚至感到像是在陌生人的房间里。

我正把相框里的照片取出来撕碎扔掉的时候，妹妹回来了。

"姐姐不在可真没意思。"

妹妹说着笑了。

我说，我暂时还不会离开这个家，为了对这段时间让你照管家里表示歉意，以后开车带你去兜风，请你吃好吃的东西。妹妹高兴得像个小孩子一样。

我心里总觉得，能够这样太好了。我想，这全都是西山以及他所说的那些话带来的结果吧。

因为心中想念，所以第二天晚上给西山打了个电话。

"谢谢你多方关照。"

我说。

"我也谢谢你，我过得很开心。"

西山说。

一定是正在准备营业，听筒里传来锅盖的声音。是，是高压锅的锅盖声。那是西山每天用来做关东煮，或者做酱拌萝卜的锅。

在我住过的那个二楼小房间，从小路尽头最深处的那扇窗户，可以看到对面大马路上川流不息的车辆。到黄昏时分，小巷的店铺开始亮起灯光，在暮色之中浮现出来。走下楼梯，总见西山在打扫店面。空气中弥漫着烹调小菜的香味儿，柜台被整理得非常清爽。那种情景真令人怀念。

"你在东京安顿下来以后，就告诉我新的联络方式啊。要是我去东京的话，一定去找你玩儿。"

"嗯，一定来啊。"

我知道，尽管我们互相这么说着，但同时彼此心里却都在想，那些快乐的日子将一去不复返，或许今后不会再见面了。

那段时光，宛如神灵为不知所措的我轻轻盖上了柔软的毛毯一般，只是偶然地降临到我的人生中。

就如同在做咖喱的时候，偶然把剩下的酸奶或香料、苹果等统统放了进去，而洋葱的量又稍微多加了一些，于是就以百万分之一的概率做出了无比的美味，然而却是无法再现的，那时的幸福就是这种感觉。

那些日子，我不曾对任何人抱过任何期待，也没有任何目标，因此才偶然地闪耀出了光彩。

因为我很清楚这一点，所以十分伤感，也越发感激。

"谢谢你帮了我这么多，怎么说呢，虽然听起来不太可能，可是我过得非常快乐。真的谢谢你，一辈子都感谢，一辈子都不会忘记。"

"哪里，我也一样，真的很愉快。这是我在这个地方最好的回忆。"

西山出乎意料地多愁善感，他的声音有些颤抖。

然而，西山会很快忘记那些有我的日子，顺畅地进入下一段人生吧。

"嗯，非常感谢。还有，车的事情也谢谢你，我就不客气地收下了。"

"还是这样好，绝对的。我觉得这样做对方也会好过一些。"

"多保重。"

"嗯，你也保重。祝你幸福！"

"你也是，祝你今后也得到很多很多的幸福。"

我的双眼也盈满了泪水，挂断电话之后，我垂泪片刻。这泪水是幸福的，是为了感谢时光流转的奇妙、单纯因为感伤而流淌的，是压在我心头的、晶莹闪烁的泪水。

如今，我们分别在不同的天空下，彼此都了解对方痛切的感伤。我心头又浮现出从那小店二楼的窗户里所看到的景象，以及那杳无尽头、积聚着银杏落叶的静谧金黄的世界。

　　这些一定都收藏在了我内心的宝盒中，即使将来我彻底忘却了是在怎样的情境中，又是在怎样的心情下看到的，但我想，在自己临终之际，那些景象作为幸福的象征，无疑将成为前来迎接我的、熠熠生辉的璀璨风景之一。

后记

　　巴洛斯在创作小说《瘾君子》[①]的时候想："如此痛楚、不快和撕心裂肺的回忆，为什么我非要细致入微地将它集中呈现出来呢?"与他的这种想法相似，我也是一边想着"现在为什么要写这些自己最不堪回首、最痛苦的事情"，一边创作这本短篇小说集的。这里的每一篇都是痛苦、感伤的爱情故事。

　　或许，我是希望在待产期间，尽快把过去痛苦的事情全部清算掉吧? 我这么想（如果像对待别人那样进行分析的话）。

　　因此，尽管我并没有写任何一件发生在自己身上的事，但不知为何，这几篇都是迄今为止我写的作品中最像私小说的。

　　每次重读，我人生中最痛苦时期的往事就历历在目地浮现出来。

正因如此，它对我来说是非常重要的一本书。

事务所的所有工作人员、文艺春秋社的平尾隆弘先生和森正明先生，感谢你们。负责装帧画的合田信代女士，担任封面设计的大久保明子女士，真心感谢你们。得到这么温暖的团队的支持，我很幸福。

阅读这本书的人或许会想："为什么我要花钱来读这么痛苦的故事！"但我总觉得，这种悲伤（假如正好你我心有戚戚，读过之后感到悲伤的话）必定是某种不可或缺的东西，请原谅我的想法。说来像个傻瓜，我在看这本小说集的校样时，忍不住哭泣落泪，但我感到那泪水仿佛略微洗去了心底的痛苦。我希望，对大家也能如此。

更像个傻瓜的是，这本集子里《尽头的回忆》这篇小说，是我迄今为止的作品当中，自己最喜欢的。因为能写出这样一篇作品，我才感到成为一名小说家真是太好了。

吉本芭娜娜

---

① 威廉·巴洛斯（William S. Burroughs，1914—1997），美国"垮掉的一代"的代表作家，成名作是《裸体午餐》。此篇后记中提到的小说《瘾君子》原题为《Queer》。

隐含作者与深层意蕴

吉本芭娜娜《尽头的回忆》解析

"对你来说，幸福是什么样的感觉？"这个问题，对每个人来说——无论青年还是老年，无论中国还是海外——或许是最普遍、最简单，同时又是最难以回答的。这是日本作家吉本芭娜娜的中篇小说《尽头的回忆》中，男女主人公在出场伊始谈论的话题。

《尽头的回忆》是小说集《尽头的回忆》中的一篇，该集 2003 年 7 月由文艺春秋社出版，共收入五篇作品，另外四篇是《幽灵之家》《"妈妈——!"》《小朋的幸福》和《一点儿也不温暖》。从故事情节来看，《尽头的回忆》是失恋女孩在获知真相后身心恢复的一两周内经历的事情，《幽灵之家》是一对分别继承家业的青年男女的恋爱故事，《"妈妈——！"》是遭遇投毒的女编辑走向新生活的一段人生，《小朋的幸福》讲曾经遭到强暴的少女步入恋爱的心路历程，《一点儿也不温暖》是年轻女作家对儿时深爱的邻家小弟的回忆。五篇小说有许多共同的关键词，如"恋爱""回忆""离别""死亡"等等。同时，这些小说都一如既往地采用第一人称的叙述角度，第一主人公也依然都是二三十岁的年轻女性。种种表象都使这部作品集看似延续着芭娜娜初登文坛时的主题：疗愈。"疗愈"已经成为挂在芭娜娜胸前的标签。

然而，中日学界众口一词的阐释定论在一定程度上遮蔽了芭娜娜创作的延展性，从而也就在无形之中束缚了读者对芭娜娜作品的理解。就《尽头的回忆》而言，尽管同样是关于幸福的思考，但作品已经开始走出"疗愈"的阶段，进入到了一个更深的层面。这一点，借助对作品中"隐含作者"的分析就可以清晰地看到。

"隐含作者"（implied author）是美国文学批评家、芝加哥大学教授韦恩·布斯（Wayne Booth，

1921—2005）在《小说修辞学》① 中提出来的概念。所谓"隐含作者"，简单地说，就是隐含在作品当中的作者，是作者的"第二自我"，它代表着隐没于文本背后的作者的立场。因此，对"隐含作者"的挖掘与分析，有助于我们把握作者真正的创作意图，同时，这种挖掘与分析又必须以文本为依托。

芭娜娜几乎所有的小说都以第一人称"我"展开叙述。作为一个女性作家，作品中的主人公兼叙述者又是女性，这很容易使读者在不知不觉中将作品中的"我"等同于现实中的作者。因此，借助"隐含作者"的概念，来区别以写作为生、真实生活在日本国土的吉本真秀子，以及通过作品中主人公的回忆和倾诉来表达情感、传递思想的吉本芭娜娜，是非常必要的。另一方面，布斯写作《小说修辞学》的目的在于系统地研究作者影响和控制读者的种种技巧与手段，而芭娜娜的小说观念恰恰是"读者第一"，她曾明确地说，在自己这里"小说概

---

① Wayne Booth, *The Rhetoric of Fiction*. Chicago：U of Chicago, 1961.

念彻底改变了"。① 芭娜娜在创作过程中总是首先把自己置换为一个读者，不停地揣摩读者希望通过阅读获得些什么，想象读者在阅读中的感受，正是在这一意义上，芭娜娜的父亲、评论家吉本隆明将她称为"读者专家"②。可见，借助布斯的"隐含作者"理论来解析芭娜娜的作品，是合理和恰当的。而且，"就文学批评和欣赏而言，'隐含作者'这一概念有利于引导读者关注同一个人的不同作品所呈现的不同立场。"③ 对于《尽头的回忆》这部小说集来说，实际上，在一如既往的表象背后，创作的目的已经发生了转移，换句话说，"隐含作者"的立场和思想已经发生了变化。

与以往的作品相比，小说集《尽头的回忆》一个突出的变化就是，死亡阴影的淡化。众所周知，从创作生涯伊始，芭娜娜的作品就遍布死亡的阴

---

① 参见吉本隆明、吉本ばなな『吉本隆明×吉本ばなな』，ロッキング・オン（rockin'on）1997年，第169—190页。
② 吉本隆明、吉本ばなな『吉本隆明×吉本ばなな』，ロッキング・オン（rockin'on）1997年，第183页。
③ 申丹《再论隐含作者》，《江西社会科学》2009年第2期，第32页。

影——一种突如其来而又无所不在的死亡，令主人公痛不欲生也令读者猝不及防的死亡。最早也是最著名的单行本作品集《厨房》所收的三篇小说，无一例外地都以死亡开头：处女作《月影》中，两位主人公的恋人在同一场交通事故中死去，神秘女孩浦罗的男友也在一场突发事件中死亡。如此短小的篇章中就有三个人死去，死者人数竟然与主要出场人数相同。之后的成名作《厨房》，翻开第一页赫然入目的即是主人公的双亲及祖父母接踵而至的死，"这个家如今只剩下我，还有厨房。"续篇《满月》的第一句话是："真理子死于秋末。"在《厨房》和《满月》并不算多的人物中，竟有七位逝者！《哀愁的预感》中弥生和雪野的双亲在一场车祸中身亡；《甘露》中朔美的父亲死于疾病、妹妹死于车祸，而古清君家里除了隐居的他和疯癫的母亲以外全部都离开了人世；《N·P》中围绕一本小说集前后有四人自杀……此外，还有处于生死之间、虽生犹死的人物，如《白河夜船》中已成植物人的岩永的妻子、《厄运》中因过劳而脑死的姐姐等。芭娜娜文学中涉及死亡的作品不胜枚举，而且许多作品的情节起点就是死亡。

然而,《尽头的回忆》中,尽管仍然存在死亡,但无论死亡占据的分量还是亡者出现的数量都有大幅度的减少。更为重要的是,这些作品中的死亡,并没有将主人公推向无力自拔的绝望状态。《一点儿也不温暖》中,在"我"的童年时代,唯一的伙伴小诚死了,尽管直到成人,"我"都"始终没有交到像小诚那样亲密的朋友",但是忆及小诚,"我"的感受并不是痛苦和凄凉,而是"无上荣幸",因为"对小诚来说,在这个世界上最幸福的、极其短暂的轻松时刻,他所选择的伙伴……不是跟其他任何人,而是跟我在一起"。小说在"我"的"荣幸"感中结束。这里可以非常清晰地看到作品对孤寂和伤痛的模糊化处理,死亡的悲伤成分由此得到消解。这种消解不仅仅在"我"的叙述中完成,而且散布于全篇的字里行间,即由"隐含作者"的立场来实现。

　　《小朋的幸福》中,小朋的母亲死于蛛网膜下腔出血,由于父亲与第三者另组家庭,按照以往的创作轨迹,小朋应该坠入彻底的孤绝之中,但小说是这样结尾的:

在母亲离世的时候，即使在那极度孤独的漆黑夜色中，小朋也被某些东西拥抱着。那是如天鹅绒般的夜空的光耀，是轻柔吹过的夜风的抚触，是星星的闪烁，是昆虫的低鸣。

小朋在心灵深处领悟了这些。因此，无论何时，小朋都不再孤身一人。

在现实生活中已经孤身一人的小朋，却感到"不再孤身一人"，这一精神救赎的获得不是依靠他人，也没有经过疗愈，而是源自小朋自己心灵深处的"领悟"。这里，"隐含作者"附身小朋给予读者的提示是：如果我们能够感知那些拥抱着自己的"光耀"和"抚触"，我们就将远离孤独。

《幽灵之家》中，从未出场的岩仓的母亲虽然因病去世，但是首先，她的死亡并非突如其来，从第一次发病住院，岩仓就陪伴了她一个月，出院后母子还同去温泉旅游；另外，母亲的死亡也没有导致岩仓陷入孤寂和沉沦，相反，岩仓为"能够一起度过一段美好的时间"而感到"满足"；而且恰是由于母亲去世才使岩仓与"我"久别重逢，得以一起走向新的婚姻生活。不仅如此，小说中甚至连已经死去的人也以活着的形态出现。岩仓租住在一栋破败的公寓里，公寓的原主人是一对已经过世的老夫妇，但他们在小说中是这样出场的：

（我）定睛一看，只见水池那边老奶奶的背影。她正以缓慢的动作，在烧开水沏茶。……缓缓地、一点一点地。一如既往的动作，一如既往的程序，谨慎而周到。这些举止，一定是从奶奶的母亲或者奶奶的祖母开始一直延续下来的，温暖而令人安心。

我想起自己的外婆也是这样在厨房里操持，于是以一种仿佛回到童年的心情目不转睛地望着她。曾几何时，我感冒发烧，也是这样望着外婆的背影。后来，我甚至感到老奶奶要煮好粥给我端过来一样。心里既亲切又感伤，同时也很温暖。

在对面的房间里，爷爷正在做广播体操。他穿着短裤，慢慢地伸展着弯曲的腿和腰，一节一节非常认真地做着。他一定深信不疑，这样做就能让身体永葆健康……

女主人公"我"看到的是老夫妇的幽灵。老夫妇虽已故去，但在小说中却完全脱离了死亡的形态，而是日常居家生活的形象。这对虽死犹生的老人，与过去那些虽生犹死的人物截然相反。与之相呼应的是，男女主人公在看到他们时，也都丝毫没有遭遇亡灵的恐惧。

《尽头的回忆》另一个明显变化是，突发事件的冲击力被消解。《"妈妈——!"》开篇写出版公司的编辑"我"在员工餐厅吃了被公司职员投毒的咖喱饭，被送往医院急救。这个开头继承了芭娜娜对突发事件和死亡要素的偏好，但是接下来的情节则显示出了差异。首先这次突发事件中没有任何人死亡，中毒的也只有"我"一个人，而且所投之"毒"并非致命毒药，而是大量的感冒药。中毒事件本是"我"人生中出现的"一场灾难"，但结果却因此而彻底清除了体内的毒素，包括"以前就沉睡在我体内的"，"我"也从此告别了过去，开始了新的生活——与相恋已久的阿佑结了婚，还如愿以偿地去夏威夷度了蜜月。

可以说，到了小说集《尽头的回忆》，芭娜娜早期作品如《厨房》与《满月》中那种从天而降的厄运的尖锐感已经大为减退。五篇小说中,《幽灵之家》已远离厄运,连幽灵的出现也带着淡淡的温暖。《尽头的回忆》中,"我"遭遇了未婚夫高梨的背叛。两人相恋多年,早已订婚,也互相见过家长,只等高梨结束外派任务回到家乡完婚,在这种情况下,"我"发现高梨已经与另一个女孩同居并计划结婚。这样的事件,对于一个少女来说,无异于整个世界的坍塌。但小说的叙述早已把高梨的背叛信息传递给了读者,因此,读者视野中的背叛事件并不具有突发性和冲击力。这里,事件中的"我"与文本背后的"隐含作者"并不重合:"我"始终对高梨抱有幻想,甚至在已经见到与高梨同居的女孩,并亲耳听说他们将要结婚之后,却依然没有放弃虚幻的希望:"他回心转意啦,到底还是我好啊,因为那么长时间构筑起来的感情,是不会这么轻易结束的……"但是"隐含作者"从一开始就明白,并且也设法让读者明白,高梨早已背叛了未婚妻,他是不会回头的。在这一点上,小说的叙事使"隐含作者"与"隐含读者"实现了合一。"隐含读者"的概念,与"隐含作者"对应,是康斯坦茨大学教授、德国接受美学的代表人物伊瑟尔

（Wolfgang Iser，1926—2007）继布斯之后提出的，它相对于现实读者而言，指作家本人所设定的预想读者。因此，"隐含读者"并不是实际读者，而是作者创作时所希望拥有并预先构想的聆听对象，即隐含的接受者。它隐含于作品的文字背后，排除了诸多外在干扰，更符合作者自身的"理想"，代表了作者在创作过程中所构想的某种价值取向。实际上，布斯在提出"隐含作者"时，就已经提出了一个与之对应的"读者"，只是没有明确使用"隐含读者"这一称谓。布斯指出，在作品中，"作者创造了一个自己的形象与一个读者的形象，在塑造第二个自我的同时塑造了自己的读者，所谓最成功的阅读就是作者、读者这两个被创造出的自我完全达到一致"。人们在阅读《尽头的回忆》时，很容易领会"隐含作者"所掌握的一切，清晰地看到叙述者"我"注定无果的幻想，在芭娜娜文字的牵引下不由自主地成为她所预期的"隐含读者"，对事件形成不同于作品中"我"的判断。因为，"我"是当事者，而"隐含作者"是旁观者。"'隐含作者'并不像叙述者那样直接表明自己，而是以作品的整体肌质体现，读者只能依赖对作品的整体观照才能发现。"①

　　小说中的男主人公不是高梨，而是与"我"素昧平生的西山，他帮助"我"的舅舅管理小店，因此认识了在人生打击下独自逃遁到这里的"我"。在外人看来，西山有着无比悲惨的遭受软禁的童年，但恰是那些"悲惨"的经历使西山获得了某种领悟，"那是只有彻底置身于被动位置才能够获得的、某种惊人的领悟"。这种领悟使西山成为广受赞美、充满魅力的人："他就像生长在公园里的巨大树木，并不属于任何人，但所有的人都可以在下面休憩。""只要世上有这个人就好。""隐含作者"将西山树立为一个典范，并且借助作品人物"我"的现身说法，使人们相信，西山的生活态度代表了一种理想的人生境界。这便是人要不断地忘却过去，努力体会当下的幸福。在西山的启迪下，"我"也意识到"虽然在最糟糕的境况下，但其实正处于最大的幸福之中"。这，正是《尽头的回忆》这部小说集所蕴含的深意。

----

① 韦恩·布斯《小说修辞学》，华明等译，北京大学出版社1987年10月版，第83页。

当初，幼小的西山被书呆子父亲锁在家里，"差点因为营养失调而丧命"，当亲戚们报警把他营救出来时，他说的第一句话是："外面这么漂亮，我真高兴，叶子的颜色，简直有点儿晃眼。"而且，说话的时候，西山是"陶醉"的，眼睛"炯炯有神，脸上甚至还有一种明朗的神态"。走出幽闭的小屋后，西山并没有哭诉自己的孤独无助，而是立刻感受到了现实的美，并因此而快乐。实际上，过分关注自己的创伤，反复尝试疗愈，未必是积极有效的方法。就如同自然界的动物在遭受创伤之后常常本能地舔舐自己的伤口，但这种舔舐并非全部都能达到疗愈的目的，有时会适得其反，反而导致伤口发炎溃烂。

当高梨已经移情别恋时，"我"一如既往地等着他，没有留意到，或者是刻意忽略了他的变化，"交往的时间长了，想不到会变成这种感觉"。这正是"隐含作者"在提醒人们，千万不能丧失对当下的感知力。"我"总是反复不停地回忆，"回忆也总是给我带来温暖"。但这温暖只是表象，是短暂而虚幻的，回忆的本质是导致"我"丧失了现在。"我"的目光总是投向过去，就连为自己营造的幻境也离不开过去：高梨如果见到"我"就会"怀念往昔回到从前"。最终，指向过去的一切都成了泡影。直到认识了西山，"我"才终于意识到，"那种日子业已彻底终结，那种想方设法在对回忆的反复玩味中走过来的、糖球般的日子"。

沉浸于回忆中是渴望疗愈伤痛者的典型表现，正因为他们过于关注自己的伤痛，所以无法摆脱过去，也难以感知现在。与"我"形成鲜明对照的是，西山从不回忆过去，他"只不过真实地活着"。"我"认识西山仅仅一两周时间，但已开始变化，"希望至少能有一点点像他的人生那样接近真实的自我"。懂得了这一点之后，即使重新坐进与高梨一起买的车里时，在这个最容易勾起回忆的狭小空间里，"我"想到的是："啊，此时就是此时，一切都已经过去了。""我"重新开始关注当下了，"尽管疼痛，但是与稀里糊涂地度日相比，肌肤所接触的空气已经新鲜得多"。而且"由于感悟力在悲伤中得到了磨炼，所以对季节的变化也了如指掌。我已经很久没有体味如此明澈优美的秋天了。""我"有能力体会当下的美好了。小说的最后，"我"在一个大公园，踏着埋到小腿的枯叶，尽情享受着只属于此时此刻的美好与幸福。"那里，没有过去没有未来没有语言没有一切，只有带着光线、金黄与太阳的枯叶的香气。在那片刻，我无比幸福。"日文原书的封面就截取了秋色中的一片灿烂的金黄。

此时此刻的美好与幸福也许会稍纵即逝，就像《一点儿也不温暖》中"我"的惶恐和担心一样："这个家万一父亲得了癌症怎么办？万一母亲过度劳累病倒了怎么办？要是那样，眼前的幸福……电视的声音、餐具的声音以及沉默中偶尔交谈的声音，就将全部消失。我感到这一切随时都可能发生，太容易发生。"正因如此，对当下幸福的感知和积累就需要靠自身的努力和内心的领悟，而不可能从别人的安慰与保护中获得。《尽头的回忆》中有一个蛛网的比喻值得注意：

我觉得，家人、工作、朋友以及未婚夫等等，所有这些，都是如蛛网般保护着自己的网，使自己得以隔离于那些沉睡在内部的可怕色彩。这种网越多，我就越能够不至坠落，顺利的话，甚至连下面有坠落空间都不曾知晓就能够度过一生。

天下的父母对于自己的孩子，不都是希望他们

"尽可能不要知道下面有多深"吗，所以，我父母对于这次事件才会看得比我更加严重吧。他们一定非常担心，希望我不要在这里跌得太重。

芭娜娜把人生的保护网比喻成蜘蛛网，如此脆弱的喻体带有一种明显的意义指向——这种保护实际并不可靠。因此，"我"在探访高梨遭遇打击之后，并没有回家寻求保护，反而首先想到逃避家人的安慰（也是由此才得以遇见西山）。最后"我"能够重新回家，则是因为发自内心地重新认识了生活。

同样，《一点儿也不温暖》中，反复出现的灯火比喻，也是要说明温暖源于自身。小说前边就留下一个伏笔：小诚告诉"我"，他能从"我"身体里看见一个"圆圆的、漂亮的，可是很寂寞的东西。像萤火虫似的"。谜底在结尾处揭开，小诚明确地说，"灯火一点儿也不温暖"，是"灯火中的人，是他本身内在的光亮映照到了外面，所以才会让人觉得又明亮又温暖。因为，即使开着灯也还觉得寂寞，这种情况也很常见呀"。这时读者也才豁然开朗：原来不温暖的是环境、命运，而温暖来自人的内心。"隐含作者"借死去的小诚之口,以小诚告诉"我"的形式,把这个道理告诉了读者,并且又通过"我"再次确认:"直到很久以后我才发觉,那真的是我自身的光亮","像样板间那样的地方不管多么灯火通明,也不会让人有任何感觉"。

《尽头的回忆》五篇小说中,无论是主人公自己的领悟还是典范形象的榜样性启示,抑或某个人物一语道破,总之,"隐含作者"都有一个共同的立场:放弃追忆,感受当下。

为了使这一主题更加明确,"隐含作者"时时从文本中现身,置身事外,直接向读者陈述人生思考。如《"妈妈——!"》以第一人称讲述"我"在医院苏醒过来,与前来探视的同事议论事件的经过,这时,叙述主体突然脱离情节,告诉读者,这个躺在病床上的"我",当时"对于这件事究竟在多大程度上影响了我人生的各个方面,全都浑然不觉"。这种"隐含作者"直接插入的情况,在五篇小说里频频出现。《幽灵之家》中,"我"刚刚在说有点担心幽灵会减损岩仓的生命活力,紧接着是"说不定,那段时间,尽管我自己都不曾那么想过,但有可能已经相当迷恋岩仓了"。语气从主观倾吐跳转为俯视全过程的客观评价，如同一个旁观者在讲述他对别人的观察。有时，"隐含作者"现身后发表大段的议论，甚至造成情节的停滞或中断。《尽头的回忆》开篇，"我"与西山边吃盒饭边聊关于幸福的话题，紧随西山话音的，是"隐含作者"的一番人生感怀："……事物绝不可能按照人们自己的愿望去发展。或许下一个瞬间幸福就会降临，或许一直等待下去也无济于事。恰如海浪或天气的变化一样，谁都无从知晓。"两人后来是否仍继续谈论幸福，抑或又聊了其他问题，都不得而知。小说由此转到讲述西山的身世。

最极端的表现是《小朋的幸福》。在五篇小说中，这是最短的一篇，也是唯一以第三人称叙事的一篇。故事的展开如同小朋的恋爱一样缓慢，经过五年的等待，小朋内心的期待终于有望成为现实，心仪已久的三泽开始邀请她吃饭了。这是两人第一次一起吃饭，他们的谈话刚刚开始，小朋心里想说的话还没说出口。这时，笔锋突然一转：

"现在，换一个完全不同的话题。

写下这些文字的并非小朋，而是一个窥见了小朋人生的小说家，但是这位小说家实际上也并非自己在写作这个故事，而是受到了某种巨大的力量——简便起见在此暂且称之为神灵——的召唤而写作的。"

整篇小说就像是舞台上的序幕一点一点地终于快要拉开时，忽然钻出一个人，向观众们宣告演出到此结束，同时解说上演这出戏的目的。这个钻出幕布直奔主题的人，就是文本背后的"隐含作者"。他如此迫不及待地直接登场，是要告诉人们，虽然神灵的"力量太过微弱"，无法改变小朋与父亲生离、与母亲死别以及遭遇强暴的命运，但是它仍然"以透明的目光注视着小朋，目不转睛地注视着她孜孜不倦地积累人生中珍贵的东西"。这看似节外生枝的文字，是芭娜娜特意安置的理解小说深层含义的钥匙。在一个柔弱女孩孤苦人生的表象背后，是她"孜孜不倦地积累人生中珍贵东西"的努力。母亲去世的那个夜晚，小朋匆匆赶到医院时已经无力回天，乡下的外婆和姨妈还在路上，父亲已是别家的成员。在急救医院来往穿梭的人群中，有人被救护车送来，最终得以在家人的陪伴下回去，而小朋却再也不能跟母亲一起回家。即便是这样，倚靠着树干的小朋，却能够看到树枝剪影的美丽，能够感到树干的温暖，以及夜空的光耀、夜风的抚触、星星的闪烁和昆虫的低鸣。这一切，正是此时此刻的美好。

从 20 世纪 80 年代耀眼地登上文坛以来，芭娜娜曾经在 90 年代以《甘露》（1994）为界，将自己的创作分为第一期和第二期：

如果这个世界上不存在偶然的话，我认为《甘露》这篇小说就标志着从《厨房》以来持续至今的"第一期吉本芭娜娜"的结束。

也许，从今往后会判若两人，写出迥异于以往的作品。[1]

可以说，在近 10 年之后，《尽头的回忆》又宣告了前两期的结束。2002 年 8 月新潮社出版长篇小说《王国 1》时，芭娜娜将笔名由半汉字半假名的

---

[1] 吉本芭娜娜《芭娜娜的芭娜娜》，メタローグ1994 年 1 月版，第 301 页。

"吉本ばなな"改为全部以假名书写的"よしもとばなな",此后她发表的所有作品都使用这一署名。全用假名的笔名"よしもとばなな",进一步清晰地区别于全部汉字的真名"吉本真秀子",以视觉的反差标记出一个新阶段的序幕正在拉开。一年之后,标志性的作品集《尽头的回忆》正式出版单行本,芭娜娜特意在《后记》中表白写作的目的:"或许,我是想在待产期间,尽快把过去痛苦的事情全部清算掉吧?我这么想(如果像对待别人一样进行分析的话)。"

那么,为什么芭娜娜作品内含的主题会发生转变呢?这与日本的社会变迁和时代特征密切相关。战后的日本先后经历了经济高度增长、终身雇佣制、全民中产化、泡沫经济崩溃、雇佣崩溃等一系列社会变动,及至当今出现了"穷忙族"。"穷忙族"亦称"工作贫困族"(working poor),已经成为日本社会的一个流行词汇,指那些即使努力工作但依然只能生活在最低水平以下的人。新世纪以来,"穷忙族"不断扩大,以至日本 NHK 跟踪拍摄了反映此类人群生活现状的三集纪录片《穷忙族》(2006 年 7 月播出)。日本发展最快、最为富裕的时期已经过去，但是人们的期望值并未相应地减退，对社会的高度期待和在现实中获得的满足之间出现了巨大的反差。加之新世纪以来，中国的经济持续增长，日本人原本就在岛国的地理环境、多灾的自然条件和稀少的资源储备下形成了极强的危机意识，如今在邻国不断发展的比照之下变得尤为强烈。另外，年轻人对物质消费的渴求与现实收入的差距，媒体的种种宣传与渲染等，都放大了日本整体下滑的态势，从而进一步使人们的幸福感和满足感坠入低迷。正是在这种氛围中，芭娜娜从20世纪的"疗愈"走向了新世纪的"当下"，她通过作品中的"隐含作者"启示人们要把目光投向现在乃至未来，幸福无处不在，无时不有，但需要每个人自己的努力才能感知和体会。

芭娜娜在《尽头的回忆》的后记中说："这里的每一篇都是痛苦、感伤的爱情故事。"而且，她本人甚至"在看这本小说集的校样时无法忍住哭泣"，但更重要的是，"那泪水仿佛略微洗去了心底的痛苦"。同时，她希望"对大家也能如此"。可见，芭娜娜的最终目的不在于展现痛苦，而是要洗去痛苦，方式就是在痛苦当中全身心地去感知幸福。正是在这一意义上，芭娜娜明言，尽管阅读这本书可能会感到悲伤，但"这种悲伤（假如正好你我心有戚戚，读过之后感到悲伤的话）必定是某种不可或缺的东西"。这，正是芭娜娜试图通过"隐含作者"表达的深层意蕴。另一方面，为了将"隐含作者"区别于真实生活中的自己，芭娜娜特意在后记中申明，"我并没有写任何一件发生在自己身上的事"；但同时，她又声称："这几篇都是迄今为止我所创作的作品中最像私小说的。"这正反映了布斯所指出的："'隐含作者'选择了我们阅读的东西；我们把他看作真人的一个理想的、文学的、创造出来的替身；他是他自己选择的东西的总和"。①

尽管"隐含作者"的相关理论在学界引起过各种争论，但由于"隐含作者"代表着真实作者在写作某一特定作品时所采取的特定立场、观点和态度，同时也是读者在阅读这一特定作品时能够根据文本推导出来的作者形象，因此，可以肯定的是，"这一概念有利于引导读者摆脱定见的束缚，重视

① 韦恩·布斯《小说修辞学》，华明等译，北京大学出版社1987年10月版，第84页。

文本本身，从文本结构和特征中推导出作者在创作这一作品时所持的特定立场。"①

2006年度诺贝尔文学奖得主、土耳其作家帕慕克，在北大附中的演讲（2008年5月24日）就以"隐含作者"作结，他说："每一部尚未下笔，却在构想、计划的小说（换句话说，也包括我自己未完成的作品），都必然存在着一个隐含作者。所以，只有当我再次成为一本书的隐含作者时，才有能力完成这本书。"② 也就是说，每开始创作一部新的作品，他就要使自己重新成为这部作品的特定的"隐含作者"。这意味着，作者会根据具体作品的特定需要而以不同的面目出现，而这也正是布斯在提出"隐含作者"概念时所持的观点。

从某种意义上说，《尽头的回忆》意味着芭娜娜沿着以往的作品，来到了回忆的尽头，从此她将结束回忆，立足当下。这就是为什么芭娜娜将这篇小说安排在全集最后来压轴，同时也是为什么她以

① 申丹《再论隐含作者》，《江西社会科学》2009年第2期，第32页。
② 帕慕克在北大附中的演讲参见 http：//www. pkuschool. com/Students/cs/3220. html，"北大附中附小网校"之"附中动态"页。

此篇题目作为全集标题。不仅如此，芭娜娜还刻意将小说中故事发生的地点设在西山管理的小店，"小店名叫'小路尽头'，真的就在道路尽头"。尤其值得注意的是，小店所在的"古旧的独栋建筑很快就要拆除"。对古旧建筑的拆除，意味着对过去的抹除。同样的细节在集子的其他作品中曾重复出现：《幽灵之家》一开始就介绍，岩仓所住的公寓"已经决定要拆除了"，到临近结尾时，那栋"公寓已经完全被拆除"。

如果说"幸福"是芭娜娜作品贯穿至今的关键词，那么《尽头的回忆》中，"幸福"二字的背后则是：走出"疗愈"，努力"感知"，因为，前者指向伤痛，而后者才指向幸福。而这个转折，是由生活中孕育着新生命的吉本真秀子构思，并最终由隐含作者よしもとばなな完成和呈现的。

周　阅

图书在版编目(CIP)数据

尽头的回忆 /（日）吉本芭娜娜著；周阅译.
—上海：上海译文出版社，2018.11（2023.5重印）
（吉本芭娜娜作品系列）
ISBN 978‐7‐5327‐7848‐5

Ⅰ.①尽… Ⅱ.①吉… ②周… Ⅲ.①短篇小说—小
说集—日本—现代 Ⅳ.①I313.45

中国版本图书馆 CIP 数据核字(2018)第 086287 号

DEDDOENDO NO OMOIDE
by Banana YOSHIMOTO
Copyright © 2003 by Banana Yoshimoto
All rights reserved
Japanese original edition published by BUNGEISHUNJU LTD., Japan
Simplified Chinese translation rights arranged with Banana Yoshimoto
through ZIPANGO，S.L.

图字：09‐2011‐532 号

尽头的回忆	［日］吉本芭娜娜 著	出版统筹　赵武平
		责任编辑　叶晓瑶
デッドエンドの思い出	周　阅　译	装帧设计　尚燕平

上海译文出版社有限公司出版、发行
网址：www. yiwen. com. cn
201101　上海市闵行区号景路159弄B座
江阴市机关印刷服务有限公司印刷

开本 787×1092　1/32　印张 8.5　插页 5　字数 84,000
2018 年 11 月第 1 版　2023 年 5 月第 2 次印刷

ISBN 978‐7‐5327‐7848‐5/I · 4828
定价：49.00 元